還想創作

還想活著

圖．文——蔡沐橙

獻給

此時此刻的我

不是孤單的一個人

因為　即將見面
那些只存在房間內的
小　秘　密
為你　打開

2022/12/08

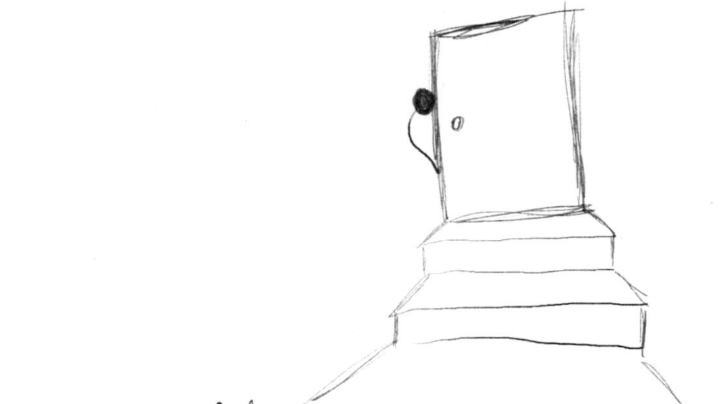

推薦序／

我們內心都有一顆星球，獨一無二。

何安妘 An-Yun Ho
自由表演藝術工作者

閱讀沐橙的文字與插圖，常常讓我停下來陷入回憶，想抱抱以前求學階段的自己。每當原生家庭烽火連天、人際關係網絡破洞，我就會埋進文字的海，吐一首詩，把那些情緒熱壓進去火烤，烤完成為煙燻或是香氣，本來刺鼻的那些彷若重生，上岸後就能繼續努力把步伐踩得更加輕盈一些。

承認脆弱是會帶來勇氣的。

因為表演工作坊授課而與沐橙相遇，記得望向台下時，眾多學員中，她認真而專注的眼睛。後來以導演身分工作演出呈現，本來我這組分到三個演員，因緣際會沐橙加入成為四人組，就這樣有了更長的工作和相處。表演需要發自內心的真誠，並需要學會如何表達感受，沐橙是一個珍惜緣分並且能夠真誠的人。

為什麼說「能夠」呢？

還記得上課不久後，沐橙傳來打招呼訊息是「老師好，我是沐橙，火星人，剛來地球不久，還在體驗中！」驚訝於對見面不久的我，她可以這麼乾脆地跟我分享她的「設定」，也不擔心我會怎麼應對，並且繼續真心誠意地分享她的愉快與忐忑。

算不出自己究竟第幾次到花蓮教課，不過如果是沐橙的話肯定會記得，畢竟她是一個會把地上撿來的葉子放進透明袋裡，然後標上日期地點，甚至在白牆上為自己布展，替那些「落下的葉子們」安排出場檔期的人。

習慣服務他人的價值觀之後，想為自己來做些什麼，通常比清洗壞掉的不沾鍋還難，從外在的「要不要燙頭髮？」到內在的「能不能這樣選擇？」一旦把他人的評價放在眼前，就什麼都做不了了。

創作就是生活，創作如此需要自由，生活亦然。

飄進火星，窩在一到三月，為自己訴說、傾聽、陪伴；起身走向四到六月，給一份祝福，為自己尋找一條路，安放夢中的想望；跳進七到九月，讓自己不好意思的心裡話，能夠努力一點點就好，明白懷疑自己也是可以的；散步去十到十二月，發現一切仍是美好後，好的事情就會發生，並且能夠找到窩著的自己。

抬起頭來，意外地翻向十三月，妳會發現自己從哪顆星球來的並不重要，因為我們內心都有一顆星球，獨一無二。來吧！從「心」翻開《還想創作還想活著》吧！

2024/02/13
乘著獅子座流星雨

自序／
每日練習啊

創作是在自己的想像世界裡面，只要一下筆，就會可以延伸出很多不同的可能。也會增加自己的自信，因為，「我今天又有好好活著了」。

「還想創作還想活著」大概就是我對在這個世界的期待了吧。從害怕活著，不知道自己存在的意義，到想要好好體驗這個世界與期待活著發生的細微喜悅及幸福。這段時間也經過了快要十年的時間，有過很昏暗的日子，日復一日的倒數著，過得很辛苦很煎熬也掙扎。也有漸漸與這個地球靠近與好好呼吸。

很慶幸吧。

慶幸因為那些時候的創作，像是一個又一個的浪將我開始推移，過程中有漩渦、有不安與焦慮，在我的第一本書《聽夜在說話》裡面展現無遺。現在腳踏著過去的作品，一次又一次的撥開籠罩在靈魂前面的紗，終於，還能留下些什麼。

我對日期有種異常的執著，就是每一個作品或筆記、便條，都會寫上日期，起初只是無意識留下，沒想到這樣幾年過去，竟然讓我自己可以在未來與過去的自己連繫，很準確知道自己是什麼時間點有這樣的想法，是個滿有趣的過程，而且享受其中。

《還想創作還想活著》這本書中的每一篇作品，都會有她們出生在這個世界的日期，那獨一無二的瞬間，當我寫下年月日再簽上名字，就是讓她安安穩穩的存在。多好，其實也是期待。

目次

一月 訴說

我能做什麼

如此渺小的我

感謝之意

四月　鼓勵・祝福

相信

成為自己就夠好了

十三月　你是從哪顆星球來的

訴說 一月

二〇二三〇四〇六

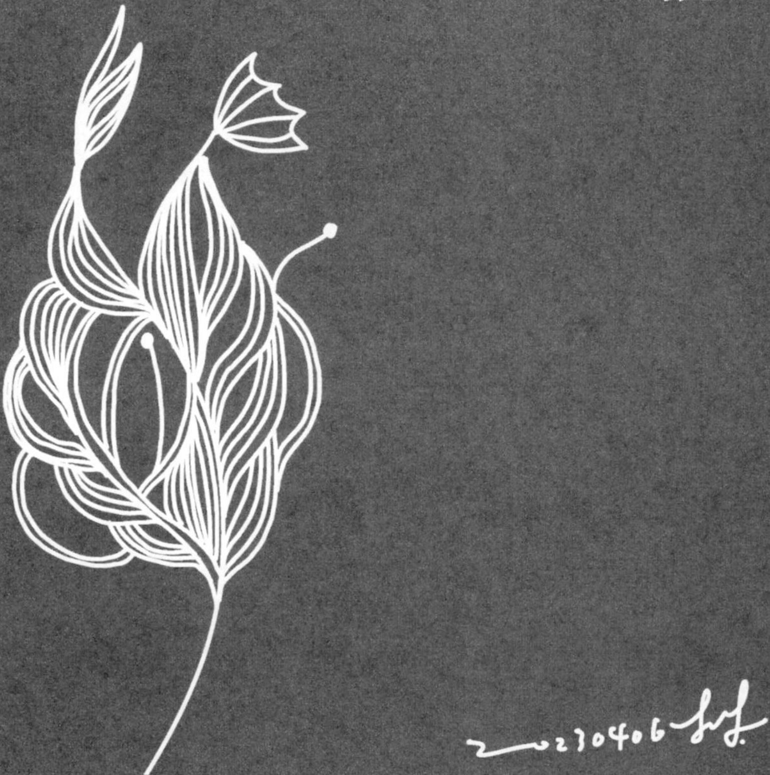

我能做什麼

☆唯一能做決定的是

今天，此時此刻的自己。我決定好好珍惜自己的感受。

求學階段，我在「升學主義」下的影響滿深。除了考好成績跟上國立的學校以外，其他自己真正想做的事情，或對什麼有興趣，好像變得很模糊，那種不必用大腦費心自己未來會去哪裡，反正就是考試、寫題庫、歷屆試題等等。到最後依著成績分發到哪間學校，似乎看起來有選擇，又好像沒有，總之就是，讀好的高中、好的大學，然後再找個好的工作，人生就充滿意義了。我從小接受到的氛圍就是這樣。

直到真正離開校園這個大魚池之後，才突然驚覺，原來那些曾經緊緊抓著世界的全部：考試的平均分數、有過多少張獎狀、拿過幾次第一名，或者跑得比誰還快，其實一點也不重要。

自己以前像個笨蛋一樣，認為自己成為「最好」，就會得到朋友、愛、關係以及成功。學生時期反反覆覆的追求、痛苦又循環著。以為照著旁人的「好的」人生建議，就會順利、過著有意義的人生。

我都忘記「今天」是只有一次的唯一。

他人的「意義」並不一定適合自己，其實我內心的渴望，是真正能創作的機會與安全的感受。那種喜悅不是照著別人所說的建議，就能達到的。

發現這件事情後，我開始將自己的創作能量打開到最大，接觸與感受不同的事物，當我很數落自己為什麼要聽其他人的建議，而忘記自己的初衷時，就會在細節上發現，其實以前的所有的努力，都會像閃爍的星星那樣在我的創作中，展現出她的風貌。

其實現在就開始發生。

我不是什麼偉大的人，只是透過創作掙扎著，喜悅著，漸漸讓平靜流露在其中。光是你願意花時間看我的作品一頁、兩頁，就覺得萬分感謝。謝謝你參與了我的人生、這個過程與現在。

20230320

☆現在能做的事情

就是保留下來此時此刻的想法，因為以後可能又是新的想法在腦內。

其實我也寫不出來二〇一五年時候的文字，雖然都叫做文字也都是我的創作，但是結構與用字遣詞，還是會不同。音律還有作法也不同。

當我不確定是否要出版這本書的時候，我的朋友跟我說：「就把現在的寫下來吧！如果有人不喜歡不贊同，那就再出第三本、第四本。」

雖然他這樣跟我說，我還是會擔心，這樣的過程，現在的我，並沒有很厲害，這樣記錄下來，真的有意義嗎？

但「意義」到頭來還是自己訂的，我想就這樣吧！開啟我的文字與圖畫旅程。

還有另一個朋友跟我說，我能把自己心裡面的話，用創作的方式表達出來，也許可以幫助別人在深處，那種被卡住的感受，無法說出口的困難，倘若我能書寫出一點點那些感受，那就太好了。代替讀者，表達，就算是如此，也是可以的。

很慶幸自己是個創作人，那些沒有出口的日子，壓抑不知道該怎麼跟人說的痛苦，打開通訊錄，明明上面顯示著很多人的名字，卻一個也不敢壓下去的時刻，我都知道。還有房間明明有門，卻沒有力氣出去的狀態。

已經很努力了，至少此時此刻的你與我，正在因為這本書而有所連結。即使微小，也可以一點一點的變成一幅作品吧！

也許吧，你會不贊同我的看法。
也許吧，你會欣賞我的觀點。
也許吧，你會發現更多的想像。

就是這樣啊，不論如何，我都是在這裡。努力的呼吸著，還有創造自己的生活。

對生活大小事與遇到的人們會害怕嗎？
答案是肯定的：「會」。

因為我還是很容易被人影響，只要一點點風吹草動，我的世界就開始失真，但是我還在努力，逐漸轉變的過程，我都仔仔細細的珍藏。

好在身旁有幾個真心愛我，比我更相信我自己的朋友．他們的愛與支持，真的給我很大的力量與決心。現在也開始想分享給別人。這真是這幾年來，遇到最好的事情了，因為有他們，所以更想接觸不同的事情，開始想要出去走走，爬爬山，撿撿樹葉，然後分享我得到的喜悅與平靜。

我很滿足，這個時候能夠書寫。

當文字被留下來，她能夠渲染的範圍變得很廣，也在這種清新的時光裡面與我共存。這是一件很美好的事情。所以我在這些文字轉變的過程中，將她們收錄。

日常中有時候是閃閃發亮的，有時候是黯淡無光的。都是珍貴的不得了的瞬間，像是一切的可能都會發生。安好，安好。

☆藝術創作

我是一個會彈吉他自彈自唱的人，音樂在我的身邊陪伴我，撞擊著我的靈魂，讓我能真誠地與人互動、文字的書寫是我最安全的堡壘、繪畫的過程帶給我平靜，這些都是我跟世界做連結的方法。

縱使我做了很多方面的藝術嘗試，心裡面那種「我不夠好」的情緒還是會時而發生。經過了一些時光的轉變，二〇二三年開始，我感覺就算不夠好、不夠完美也沒有關係，就讓自己在這樣的狀態也好，不是急著變好，也不是害怕自己不能變好，而是在這趟旅程中，慢慢的好。

用自己的節奏，開始腳下的路，最重要的是已經出發了，在這趟地球之旅中，會發生怎麼樣的變化，不期待也不害怕。

而你，正在靜靜的陪伴我，經過這樣的隧道。

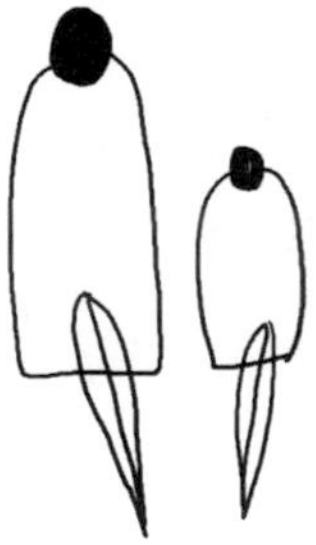

20230323

我的星域

有獨處時光
安安靜靜
有偷偷流淚
安安穩穩

任蔭蔽的夜垂下
手裡所持的　筆仍流動著
安全且無懼　自由且渴望
無邊際的煩惱不會反彈
直線的吹落憂愁的飄蕩

星球上的生　痕　軌跡
還是安好　安　好
而再一次　回到
自己的星域

2022/12/13

20230131

故事

遠遠的看著的妳
閃耀　　的樣子
燈在你臉上照出的穿透力
看起來多　　　　麼無憂
多麼
　　　　　　　　無慮
然而
　妳的故事
　也不只有

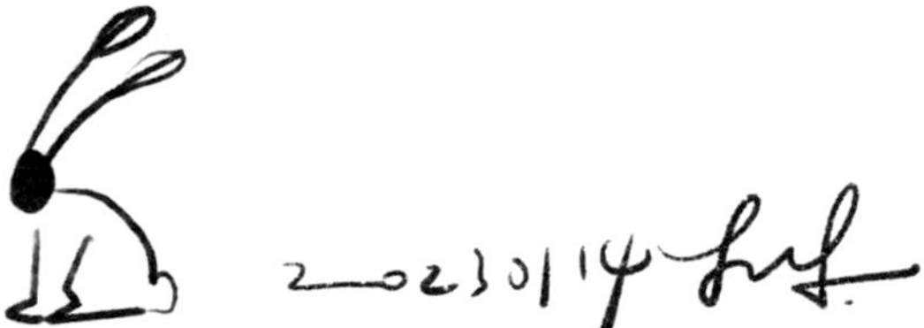

璀璨的　　而已
灰黑色地帶
的部分
還是值得好好的
被寫下來
回頭觀　望
著

2022/09/26

當你孤單的時候

抬頭看看天空
　再看看海
收集幾片葉子
夾在書頁中
　寫上日期
還有　地點

就這樣
也沒關係啊
不必急著好

真的沒關係

2022/10/03

無止盡的

延伸　自覺　與　無知
深深在妳身上攪拌
和在一起的
是
躲在背後的
暗湧
無邊無際的想著做著
等待睜眼瞬間改變那小船的波動

2022/10/26

20230201

那時我還在青春

寫著自以為是的邂逅
不宜再說的話　偷偷藏在衣服的摺縫
揮霍揮霍的時間　不曾帶來簡單的雲雨

衝過頭了　也無所謂吧
你這樣說
可在十二夜裡寫著自己才懂的
任由文字生命爆發著深深愛上
一種無可救藥的　暫停鍵
重複播放著　平均律

就在驕傲的　措辭中雕琢少年
放不下的　狂歡了２Ｂ鉛筆的筆觸
還在圖書館找著那本
看了一夜的　葉脈血液

偶爾還是
可以回味

2022/12/19

短暫停留之時

日期是一對數字　細數它無意義
年份是一盞遙望　貼近它沒記憶

既在往前又退後的路途上
還有左顧右盼的後照鏡

理由成為他的保護膜
迷濛側邊開了　岔路
吶喊把妳的背影揪著
撥弄著髮　就此　穩住

2022/12/24

點燃這個

心裡面的渴望　不可隨意　　訴說
即使遙遠的無可救藥　旁人總說著啊
可任他們　　　她們隨意攪和
無所謂了所謂

還是可以從此地
這時這刻的腳下
開始走吧

就算那華麗的未來　還在雛形
可從不起眼的現在　還不算太晚

2023/01/24

遊蕩者

乘風的少年　眼光閃爍著激情
不經思考　也無需徬徨
邁開步伐　大大方方　出發著出發
不知道　　　　　　　未來的樣子
但已經下定決心
尋找那陌生又熟悉的
渴望

2023/01/28

延伸至

廣闊的天空　藍的不能再深邃了
然後再次擁抱自己
今天
今天
今天
也有好好的

2022/09/22

如此渺小的我

☆我會成為怎麼樣的我

開頭有提到在求學階段完全對未來沒有想法，也沒有想像，就追著高分數與獎狀。拚著考試、參加比賽，好像這樣就能到別人所說的好的未來去。接著人生就會漂漂亮亮。

欸，真的是這樣嗎？我還真不知道，因為我繞來繞去，以為是最好的選擇，也盡最大努力去完成別人的期待，當有人說你可以怎麼做會更好，我就真的把那些話當成聖旨去執行。有點像是一個故事，父子兩個人牽著驢子走在路上，然後旁邊的人說：「好笨喔！為什麼不騎？」當他們真的坐在驢上，又有人會說：「這是虐待動物吧？」所以在這過程經歷了很多別人的指指點點，但是到最後的最後，還是回到最初的牽著走最好。

我就這樣在接受他人很多建議的過程中失去自我，或者以為別人說的都是最好的藍圖，開始追逐著不屬於我的夢想，還沾沾自喜的以為自己是個最棒的聽話者。他們說著：「妳好乖、妳好棒、妳很優秀。」

考好的成績、讀好的學校、找個好的工作，穩定的薪水，就好了。

但是我照做了，明明也很努力活著，就覺得活得不舒服，那種壓抑在心裡面真正想做的事情，關於想成為自由創作人的心，一直被擺到最後。當我說出我想創作，反而我當時認為重要的人說：「妳不要浪費時間了！妳要做的不能養活妳自己！藝術是很辛苦的，而且妳沒錢，妳怎麼創作？」

喔！原來如此，我相信了，那時的我相信了。

所以又將創作擺到五百萬年之後。

又渾渾噩噩的像個傀儡般的生活著。

經過了好些年歲，跌跌撞撞的嘗試與遇到不同以往給我建言的人們，他們比我更相信我的創作能力，給我很多愛與安全感，才慢慢知道原來我自己的感受很重要，愛自己不是一種自私的行為，想要做自己可以、能做的事情，並不是自私。漸漸練習改變別人給我建議時，我的應對方式。

就是聽，但是不需要百分之百的接收。因為那些都是他們的人生經驗，不一定與我有關。

我想就算沒有正向樂觀，也沒關係，就算事情沒做好也沒關係，因為我正在自己的道路上，開始從別人口中所說的彩虹步道，轉移到自己的賞葉步道。雖然可能一點都不閃亮，但也沒關係吧。我是這樣想的。

所以我正在做的事情，我想說，其實滿有趣的，也因為這樣認識一群閃閃發亮的人們。

身為一個創作人，就是將我在自己在步道上發現的葉子、景色、微風輕輕，帶到你的生活吧！希望有些安穩、有些美好也有些可愛。

20230113

☆還是在一個最原廠的設定中

我常在想啊，自己如此的渺小。好像沒有什麼立足點。

不過也會想說那些閃閃發亮、認真生活的人類呢，其實都是從渺小的一個點開始的。他們也是從最不起眼的小事開始做起的，才會慢慢累積成為一個巨大的模樣。其實用放大鏡來看，那都是一個又一個的小組合。

「偉大的事情，都是從微小的舉動開始。」

那我就安心了，現在好像從渺小到漸漸的可以肯定自己了。

在準備《還想創作還想活著》的時候，有點膽怯，因為我知道這本書，也許在五年或十年以後，會覺得自己現在所表達的所思考的事情，太幼稚了！所以就想要停下腳步不想寫了，可是又有個聲音告訴我，反正妳就是從腳底下的路開始走，即使不知道未來會到哪裡，但是至少是從此時此刻已經出發了。倘若真讓我走到很偉大的山峰，那我還是會珍惜現在所想、所寫、所做。

現在回頭看國小時期的作文，可能也會噗哧的一笑，覺得有點過去式的感覺，雖然還不至於會全盤否定啦，畢竟也是那時候的我「最厲害的樣子了」吧！

那現在，我就安心吧，安心的繼續寫著、畫著、唱著、活著。希望未來的我，會覺得「現在的我」是滿可愛的，期待那一天的到來。

所以就算渺小的自己，也能做最低限度的努力吧！

「今天也是很努力啊！」

20230116

還是要回到原點

不知不覺著　　滴著時間
赤裸裸的　擁抱著奢華的現在
闊氣的意外
開始了無懼　　　的天長地久
或者是
計劃好的　海　枯　石　爛

最初的幸運
從眼角描繪著的那個地方

終

點

在物以類聚的　理想
倔強著折返的眼花撩亂
撥開山水颳起的風
一群又一群的印象花園
鮮明了消失的　初　心

2022/11/19

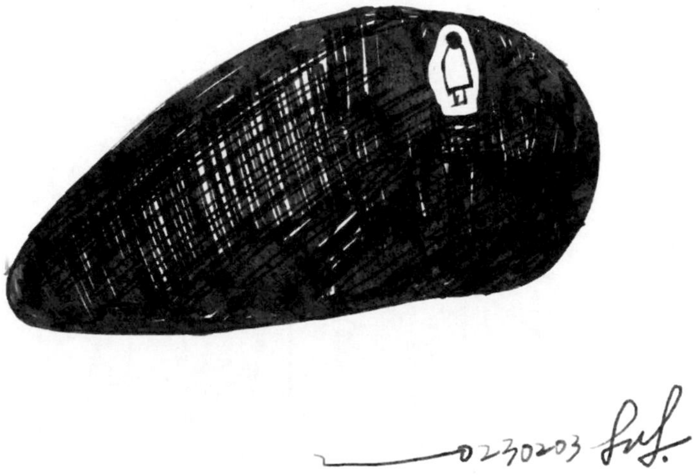
0230203

一直踏上

這條路
就是走
慢慢的
就是走

2023/01/01

二月

傾聽

☆是不是根本沒有時間回到自己

生活上有太多的事情，有關自己、有關別人的期待，而讓太多時間花費在配合與妥協。到底什麼時候才能真正的回到自己，不去管通訊軟體上的未讀訊息，以及誰又交代買什麼、還有跟誰的晚餐聚會……。

其實只需要設定一個開關、一個密語：

「我需要休息一下！」

請他人迴避吧！這是自己的時間，自己的自由，自己的空間。

平靜。外面的世界是別人的事，而自己該練習的是，知道厭煩了什麼、喜歡什麼、以及要面對什麼吧。

留給自己

日常喜悅　正常發揮　剛剛寫下
一些空間　不大不小　剛剛好吧
雖然日常還有應該要做的事情
雖然尚未完成的待辦清單

但你會知道一個緊急煞車
空出一段時間　一段感情　一段旋律

留給自己

2022/12/13

若是魚

就在水裡飛翔　洋流著孤單的線條
波浪捲曲的模樣　更迭灰橙色氣泡
足夠滋養　足夠偉大　足夠安全

這一天　在這一天的

這　天
一
天　今

勇敢著勇敢的勇敢　比什麼都來得重要
值得慶祝　值得在渺小的微塵中

抒情的滲透　變化一時的佳作

2022/12/17

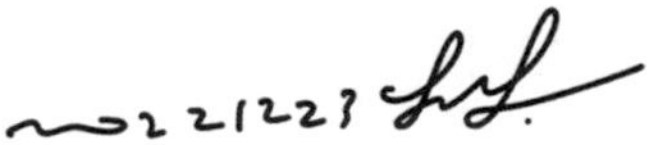

內心的聲音

☆有很多聲音　來來去去

如果在自己的腦海裡面有很多的聲音，可能是否定自己比較多，或者對世界的無感，對自己的厭煩，那種好像對未來的恐懼無處安放。你會怎麼做呢？會覺得討厭或不安嗎？

要懷疑自己的能力只需要一點點時間，就可以把全部的過去通通推翻，那些努力的過程，還有想說的事情、曾經做過的努力都會直接在此時此刻破碎。

有一天我突然驚覺，相對來說要肯定自己，其實也只需要一秒鐘。「自己很好，很棒，值得活在這個世界上！」

好像聽起來很難做到，如果當我們正在絕望的時候，當然不會這樣覺得。可是我們可以在日常中慢慢培養這種習慣，慢慢的從肯定自己當中，找尋自己存在意義。

我從畫圖中找到活著的感覺，因為那些恐懼或不安我至少有個出口可以好好離開，知道哪邊可以走過去，也沒有人吵鬧，也不需要勉強自己變好。

「痛苦會過去，美會留下來。」——雷諾瓦

如果可以，我會盡量選擇快樂，淡淡的也好，小小的也可以。當喜悅的種子在身體裡面種植，澆水曬太陽，她一定會發芽的，然後幾秒鐘嫩葉出來的時候，我們一定會發現，再好好把握著這份禮物，之後就會越來越知道怎麼樣讓這喜悅長大了！

別忘了我們的翅膀

可以飛翔
可以夢想
可以相信
可以執行

別忘了我們的翅膀

2022/12/03

清澈的想像

自己甦醒的樣子　知道已經不一樣
重新開始　感受自己的感受與期待
未來的生活　不再模糊　無可下筆
就在越是　仔細的描述　切換畫面
就可以說明　一切　的一切都是
來到地球的醞釀　迷矇了寧靜
儘管如此啊
詩人鋪陳　深切的　新鮮

就靠近
了

結束與開始的自我感受　停留在深邃的眼中
忙亂大地的雨　　直直落在宇宙的星空
那是最簡單的誓言　　給著安穩的軌跡
還有　　　女孩
可以珍惜著美好的髮絲　燦爛的笑容　可愛

淺淺　緩緩

就

靠近了

2022/10/24
2023/11/16

靜靜等著

一件一件的巨大無比的挑戰
做好此時的滿月

還是會害怕　那種梗在喉嚨的
刺痛了深層的幽暗

但沒關係
因為
帶著自己　獨遊西邊高聳的山
與日出的文筆落　在銀杏樹上
恰巧撞擊內心深　處的感受
渲染理想與現實沒　有　界線

2022/12/04

而我站在

原地　聽著風聲帶來的鈴鐺
等待妳　無條件的擁抱　春日
發現　沒有畏懼　其中有
我　還是還有還在
還好

2022/12/20
2023/11/16

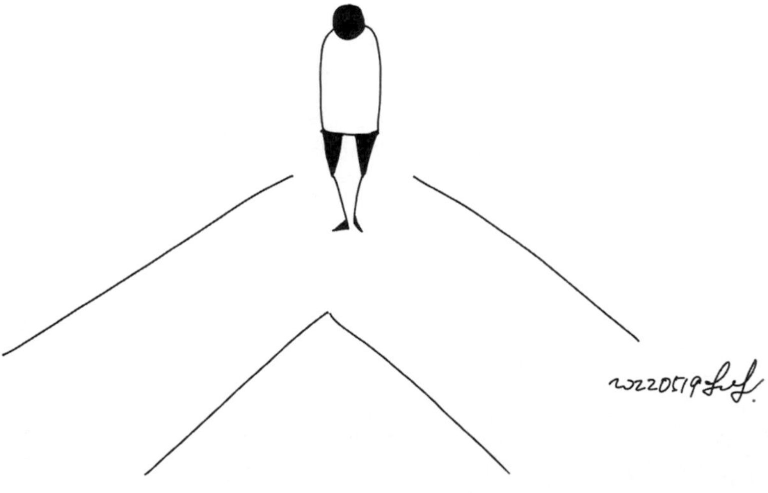

讚賞自己走了多遠

☆回頭一望

彷彿已經走了很久，在那些看不到前方的時刻，無助的不知道要向誰訴說的情況。伸手彷彿看不到未來的過去，就這樣日復一日，一事無成的過了好幾年的時間，才因為作品的被看見，漸漸發現前方的道路。

我記得自己曾經在二〇一七年的時候，跟朋友說過：「你不覺得現在就是人生結束，最棒的時候嗎？因為還年輕，沒有什麼資產，不怕失去，也沒有成就，家人也都健在，也不需要送行。所以這樣不是很適合嗎？」

那時候朋友回答：「還是，妳要不要再等等看，等到花開的那一天。」

當下我只覺得他只是在說一句無關是非的話，根本不是了解我，看不見我為了認真活著，多麼的痛苦與難捱。也許我是對「活著」這個動詞有著很深的眷戀，以至於當自己無法達到那個目標，就否定著自己的存在。

但是，也好在那時他的那一句話，支撐著我再走幾天，於是幾月挨著幾月，就變成幾年。

我還活著，多虧了那句等到「花開的那一天」。加上我的創作人物「巴庫點點」的出現，讓我對未來開始有了期待。

「你能存在在這個世界上，真是太好了！」怕我忘記了，所以在這邊跟你說。

2022/12/20

☆求生的渴望

如果現在不開始，難道要等到七八十歲嗎？

有了有了！終於有了想要做的事情，有了對未來的想像，有了對自己的安全感，原來一切都是存在，只是被壓抑被繩子綁住了。所以練習，就從現在開始吧！不過疲累就讓自己安安穩穩的休息吧！

讓創作成為存在的原因。就把現在能做的事，繼續做吧，究竟能在地球生存多久，還剩下多少時間，未知數。所以練習吧！

很笨也沒有關係啊！這是正常的。

☆一路走來跌跌撞撞

有人會好奇，我是怎麼走上藝術創作的道路。記者、訪問者、觀者，通常都會喜歡問我這個問題。我的回答呢，都會是說，我並沒有刻意走在這條路上，因為就是一個不知道該怎麼好好活在這個世界上，創作是我唯一能選擇的方法。

因為走在創作的路上，並不是我「夢想」的，而是「應該要做的事」。

小時候我就會畫畫，隨心所欲的畫著，自己可以陪著自己在紙上遊玩。那是一種無拘無束的感覺，也不需要跟別人比較，就是創造一個安靜的空間。

然而在求學的過程中，她開始變質，成為需要拿到的分數，以及競爭的方式。我便遠離了這份單純的直覺。

學校畢業之後，成年了，日復一日的面對自己那一事無成的樣子，這件事情，讓我感覺很壓抑，找不到出口，什麼事情都變得沒有色彩與意義。

有一天我突然意識到，我有筆還有紙，想到「我還可以畫畫啊！」

所以將每一筆作為生命的吶喊與掙扎，把創作當作是一個浮木，緊緊抓著而已。那時候畫著抽象的「任流線」糾結的線條，拼出一切的想像。

隨著二〇二〇至二〇二三年這段時間，有機會辦展、出書、在網路上分享著自己的創作。開始有了不一樣的現在。回頭一望，因為小時候所在身體留下的的畫圖這件事情，竟然像是個禮物，再次出現自己的生活。原來，自己也走了好長好長的一段路了啊。

現在的作品跟當初的「掙扎」也開始在轉變，慢慢的不再是將對自己的憤怒宣洩在紙上的輸出，而是體驗線條自由流動的感覺，平靜與祝福圍繞著我，因為這樣的過程，像是一趟神奇的探險之旅，有跌宕起伏，才有趣吧！

真是太感謝了！

我想真誠的謝謝自己！

無根之人

漂泊在這城市　的距離
不過就是一首歌的意義
既寂寞又飽滿
不知不覺
也走到這裡了

可什麼時候才能不靠作詞
就在盡情分別之後的對話
懇切　所居之處　卻非故鄉
凝望落花的無言無語而已

2023/01/21

疲累感襲來

躺在沙發就睡著的日子　恍恍惚惚
微醒的眼睜開看見的景色　朦朦朧朧
晃過神　大腦持續運轉著　昏昏沉沉
時間喀拉喀拉的轉著　起伏著冷冽的寒氣
靜夜裡的急促　渺遠的　優雅的　情深的

原來
已經
走了　很多路了啊

與其如此　不如在憂愁的紅塵
匆匆向　　夢中還繼續說夢
吧

2022/12/15

想了很久

腦海裡有很多的詞彙
但我一想抓取
就像裝上彈簧那樣
淘氣的很

我是想跟妳說
沒關係
不管路有多遠
記得帶著自己
最好的陪伴者

不管是否前行
不論可能後退
沒關係　沒關係
妳已經很努力了

2022/11/28

香水

仍會維持現狀的　海水　不曾忘記飄移
只待海龜任游　還有發現螃蟹的眼睛
而腦海不夠深刻　還在懷疑了吧

不過　欣賞你的人
一定　　會出現
因為　　你很值得

撒著風流不住的千里之路
啟程吧

2022/12/16

20220919

海還是很藍

在外面無人的前後
夕陽從雲縫　　岔出
打　到島上的　　浪花
還是不厭其煩的走著
看似相同
但實際是完全相　　異
願你找到
日常　中的　　安穩之處　　世界　等　妳
不然
出走吧

2022/12/16

很努力了

妳真的　很　厲害
在這個　世界　上
不　跟誰比較著
誰的幸福誰的　多
妳只是轉　著這個專注
幾秒中的　休　憩
時光

2023/01/25

20220926thirs.

還想創作還想活著

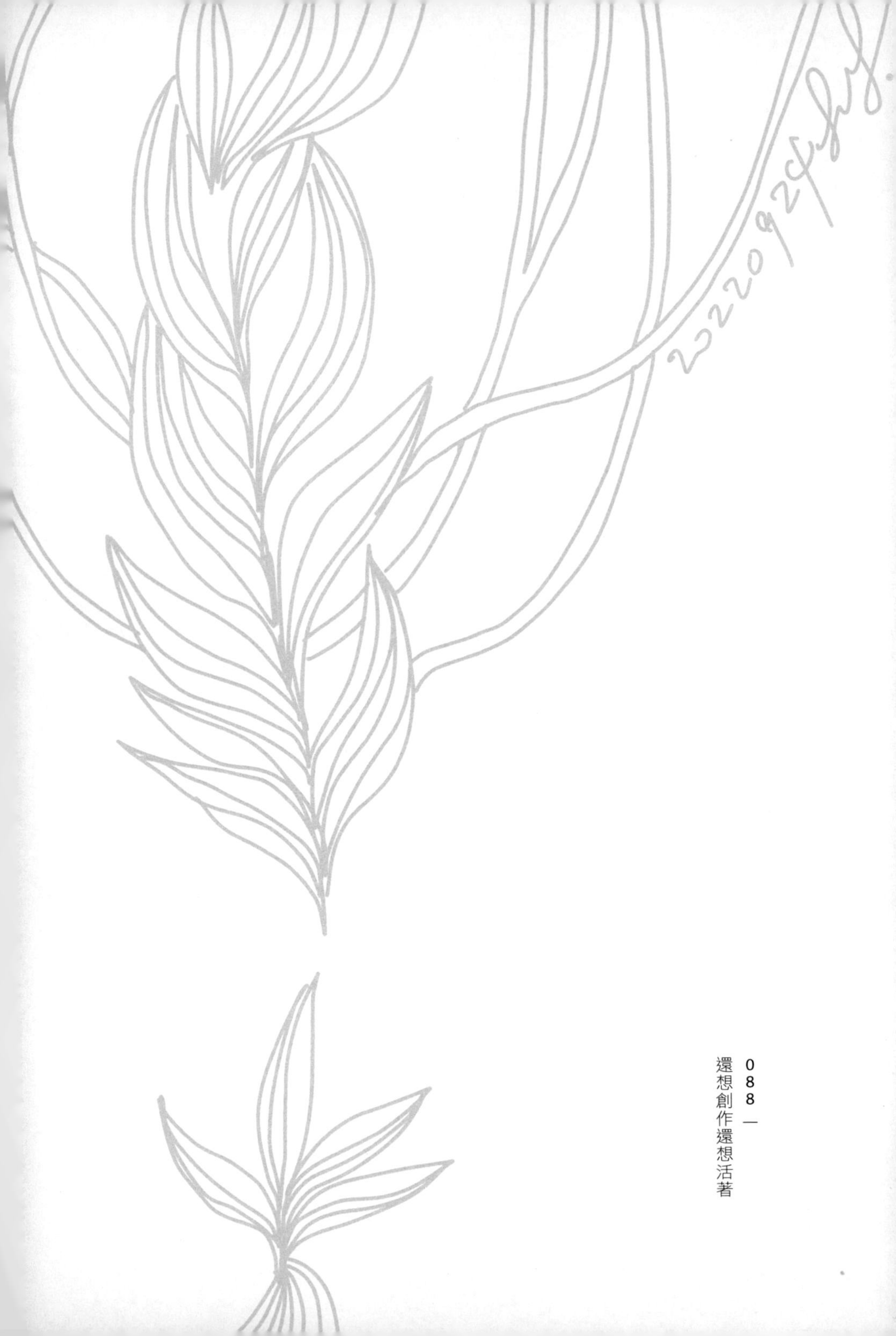

三月

陪伴

☆最先要素

在一些很遙遠的目標之下，是什麼能夠讓自己繼續走呢？好像不斷延伸的煩惱與不安的情緒，就是讓自己頭暈目眩。害怕自己總是哪裡不夠好，或者哪裡還需要改進，於是就忘記了此時此刻的自己，可以收集現在的瑣碎、渺小的感受，也許也能累積成為一個有層次的模樣。

若干年前，願望是成為一個有用的人。
後來，願望是——活下去。
再來，願望是和這個世界分享自己。
然後，願望是變成一個成功的藝術家。

現在的願望是——成為一個有故事的人。

我想好好專心在此時此刻的呼吸。過去模糊的記憶，或許還在影響著自己，不過已經不一樣了，因為逐漸開闊的未來，是建築在「相信自己可以」的狀態，倘若能夠好好的回到自己的感受。

也許放鬆，也許可以閉上眼睛，好好的讓那些憂愁與感傷漸漸隨著煙霧消失。

當自己陪伴了自己，就會有更多的力量支撐著。

慢慢練習，好好對待自己，記得吃飯、記得喝水、記得跟自己說：「謝謝有你！在這一路上陪著我。」

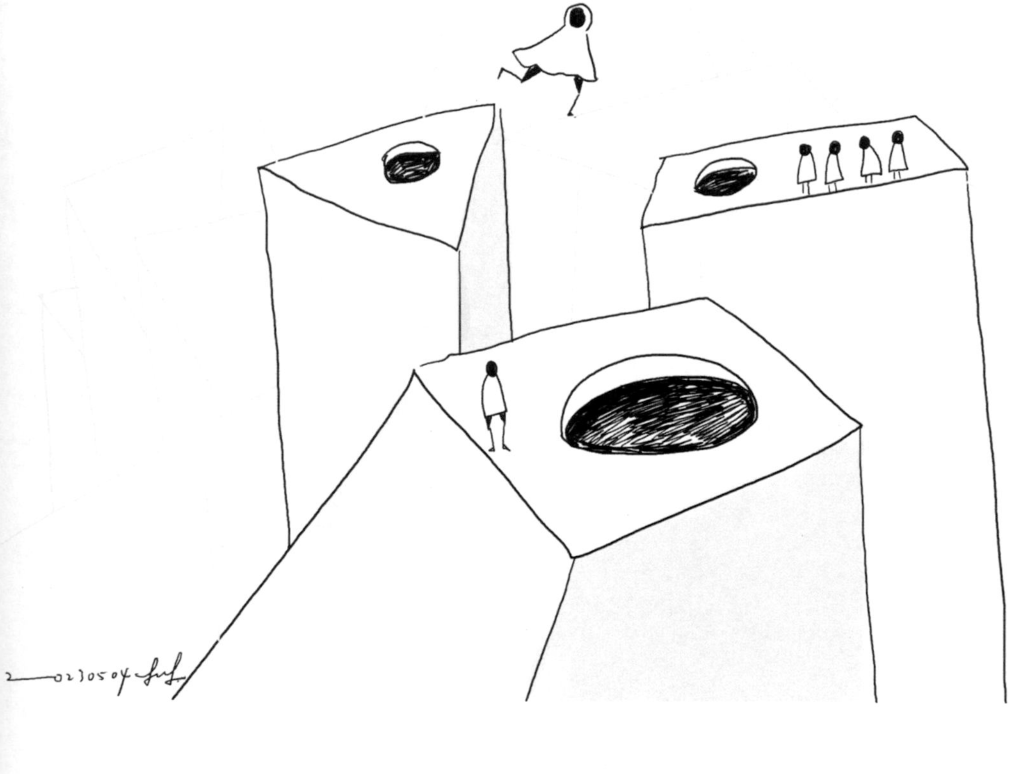

陪伴的恰恰好

不太靠　近
不太　說話
不　太期待
於　是就
剛剛　好

2022/12/29

當我迷失了方向

該去的是　誰的　掌聲　誰的　歡呼　誰　的高歌
還是　我的　感受　我　的想像我　的力量

清風送來的禮物　不偏不移地撞上臉頰
也許吧
不見得要收下　潔白盒子的假裝
委屈的　堆疊在　內在的左心房

我們　我　們　我們啊

還是　在意

我們　自己就好了

妳這樣說

2022/12/23

愛

舒心的時候

生命的開始與啟程

允許自己展開雙手　大大延伸
接住自己　對愛的　對仗
好好擁抱　對喜悅的結彩

外面雨滴落地聲音　忽遠忽近　忽大忽小
還有樹葉飛落　灑脫的滑行與飄動

慢慢的好　慢慢　知道　慢慢就好

2022/12/02

三月
陪伴

期待這一點點

微小微小的聯　繫　濺起小小的漣漪
也可以讓妳知道是多麼　微乎其微卻
幸運的事　多少時間過分了　　青年

通透的眼睛　旋律了直接的氣概
看見日常的微感動　就在
此時此刻的　筆　墨　　　痕跡

2023/01/31

三月

陪伴

朋友

☆填補著我的空缺的部分

我是屬於懶散的人，如果沒有被朋友帶出門走走，都會在自己的日常裡面，或待在家裡，這沒有什麼不好，只不過有了朋友之後，三不五時可以因為想要見面而去不同的地方相聚，也滿好的。

會看到生活中不會發現的小幸福。

回家路上的風景也都變得不一樣了。你呢？

你也有這樣的朋友嗎？

☆在創作之後，我與人類開始有了「連結」。

創作真的有意義嗎？

也許在我內心深處，是想要跟人產生更多的連結，但是又澀與人交談。不過經過了幾次展覽的經驗，大概能統整出自己的流程，還有自己的表達。

最棒的事情是，收到觀者們的回饋，讓我知道，原來自己的文字、創作、圖畫、音樂，那種我認為是無意義的日常，其實也帶給他人一些溫暖。這，好神奇，也好讓我感動。不是虛假的那種，而是深深的感謝，被看見，被愛著的。也許我還是會覺得自己是渺小的，但因為「創作」後的互動，使我更想活在這個世界上。

大聲的說吧！對二〇一五年的蔡沐橙說吧！

「二〇二三年十一月，妳還活著，而且妳逐漸找到存在的意義。妳的巴庫點點也真的帶著妳去了更遠的地方，認識了更多新的朋友，妳是被愛著的，妳很勇敢也很努力！」

在這片土地，還有這個宇宙，都留給我們一個位置，就是腳下的這塊土地，與地球緊緊相連的，這個位置。如果你很難過、沮喪、不安，那也沒有關係，真的沒有關係，坐下吧、躺下吧、好好感受這一個小小的土地，承接住你的樣子。

找一個

比你更相信　你自己的人
當你懷疑　不安
只要問他
「我可以嗎？我真的可以嗎？」
然後她一定會回你
「可以，真的可以！」
一定會　有那個人
不厭其煩的　告訴你

「可以，真的可以！」

就暫時相信他吧
沒關係的

2022/11/27

外頭的風大

但我的內心是平靜的
因為
還　有　妳呢

2022/12/14

世界上有

微笑著天氣變化　還有說著昨天的總總
踏著草地還有　　觀賞鳥類羽毛顏色
藍的不能更多　還有　金色銀色的艷麗
　孔雀在屋頂漫遊

日常的呼吸著　緊密不可分離而大大的
有妳

真是太好了！

2022/10/13
2023/11/14

與你並肩

的日子
我好高興　眉毛都知道喜悅的位置
那些時光　看似很短卻足夠日常
就　深深的留在
我的　靈魂最底層　滋養著灌溉
好好活下去的　理由　一直都不遠
只是　縫在枕頭背面的　夾鏈而已

2022/11/17
2023/11/14

幸福的感覺

是　什麼呢　已經告訴我這個巨大的答案了
是好吃的晚餐　最喜歡的餐廳　點著最期待的料理
是好喝的酒　還有微醺的感受　著時間滴滴答答
是有趣的影片　狐狸閉著眼睛　享受著秋風吹拂
是告訴別人一個好消息　她即將與愛的人結婚了

是　是是　是是　是是　是是　是　這個　世界上
有一個平平凡凡　認認真真　安安心心　痛痛快快

的　你

讓我開始期待這個世界

2022/12/03

我只想跟你說一句

說一句
這個世界上
有你真好
好的事情　正在妳的生命
發生中

2022/12/25

宜給自己肯定

再　怎麼沒天賦
努力也是　看得見改善
所以只是想否
瘋　狂一次

「很好啊！」

真的
妳適合這個讚美

2023/01/31

感謝之意

☆感謝的永遠都不會太多

感謝自己，現在還好好活著（二〇二三年十一月十二日）。

感謝朋友，他們總會比我還要肯定的的相信我可以。

感謝清醒的時間，讓我呼吸空氣，看見山看到海。

感謝有創造力的雙手，沒有遲疑的下筆。

感謝滔滔不絕的大腦，有好有壞，但都是自我對話。

感謝我的靈魂，感謝我的身體。

我喜歡看到新發芽的綠葉，也喜歡看在地板上的枯葉。

感謝他們的生命，讓我欣賞與滿足。

感謝你，此時此刻看著我的文字，讓我對世界充滿了期待。

感謝這個時間點

你剛好在

2022/12/09

感謝之情

啊　感受到平靜與快樂
今天　　之後
你繼續你的生活
我　還是畫著唱著
但　是已經有些事
不　一樣了
噓
只　有你　我才知道

2022/12/10

合理的感謝

這　些日子
妳的努　力
最後的一天
好好抱抱你
與你有關的
都值得感謝

2022/12/31

真心感謝

在　這個世界上
有妳
真　是太好了
說了五百次
那我還會再說一千次
再來　三萬次

2023/01/15

四月

鼓勵・祝福

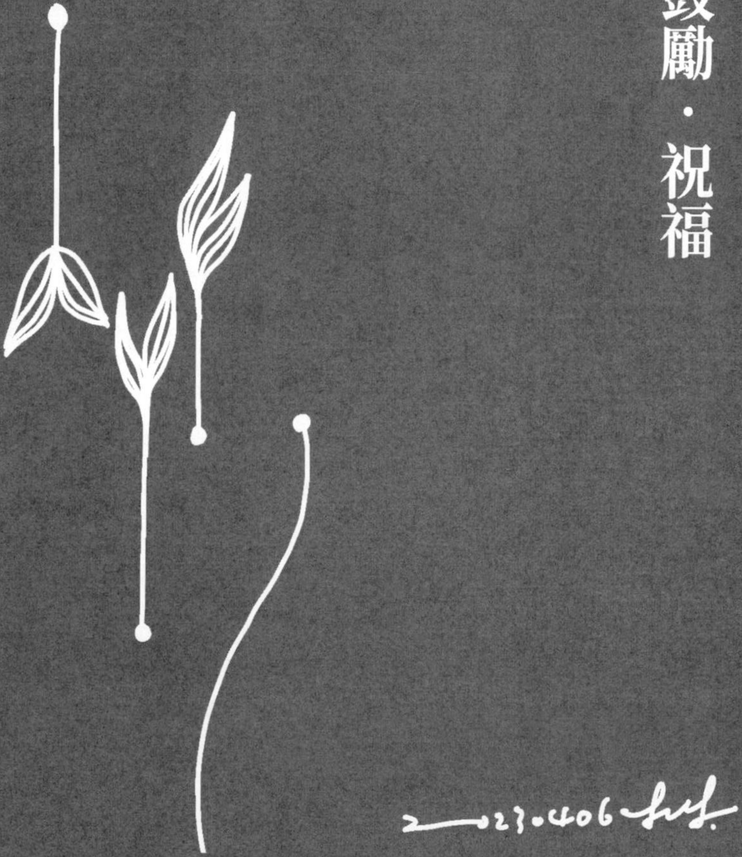

☆為自己買花

開始買花之後，沒有什麼戲劇性的轉變，只是會覺得我也值得為自己買花，慶祝平日的活著。花的美好，她自己開著自己美，而我只是不小心看見了，謝謝她進入我的生活。

其實能有人聽我唱歌，我都覺得是個奇蹟。那些在家裡面拿著吉他，練習著練習的年月，直到與人接觸，出去唱歌，才發現，有人駐足，有人欣賞，真好，原來自己的累積的能量，能夠為他人帶來一些些平靜與療癒。

這不是奇蹟，是什麼？

記得自己會好，慢慢的好，「向這個世界分享自己」，在日常裡面，總會期待自己趕快變好，好好好好好，但是什麼才是好，標準、答案、目標、達成，好抽象的名詞，所以，不管這麼多了現在，就是現在。

「活在此時此刻，就好了。」

至於好或不好，會不會好，自然發生就好。一天的平凡，日日的美好，持續走在道路上，吉他繪畫文字都繼續堅持下去，慢慢地練下去。

原來是這樣，期望其實不必再假裝。

因為在內心的累積，已經可以讓自己強大到不必再害怕了。

我有多一點的愛

可以分妳一些　溫暖著妳還有陪伴
然後希望你好　就像妳給我的好
默　　默地　安安靜靜地
默　默　地　悄悄地

總是會給你的

2023/02/10
2023/11/14

我在我的天空

許　願

祝你平安

願妳幸福

2022/10/31

相信☆自己所想像的模樣

「作品就是我的盔甲，保護著我，讓我安全的活在這個世界上。」所以我一直畫一直找尋著在畫作上的安全感。

當我還沒有勇氣將作品公開之前，其實真的很膽小，也不認為自己的作品有什麼了不起。在國中的時候，我曾經畫了一些類似現在的「任流線」的作品小卡，不用打草稿就直接畫線條在卡片上，販賣於同學之間，也賺了一些錢。正當我覺得自己好像很厲害的時候，有一個同學跟我說：「其實妳只是在亂畫而已吧！」我突然覺得自己先前建立的自信全部都崩盤了，然後我就不畫了。

哈哈，現在想想也是滿好笑的啊。那個同學是誰，我早就不記得了，可是卻因為一句話，就放棄了自己的天生才能，然後覺得對啊，我畫圖都沒有在打草稿，好像很奇怪也不值得被認可。以至於長大之後畫圖，都會懷疑自己的能力。

還是滿好笑的吧，現在當我講出這個經歷的時候，大部分的人都很訝異，為什麼我要聽信那個同學的說法，老實說我也不知道，就是會很在意。

不過自己的模式，就是自己的，容易被人影響也是真的，其實作圖的習慣好與壞無從比較。那有現在變得比較勇敢嗎？其實也不一定吧，即使渺小，也會有自己的軌跡吧！

☆我該相信什麼

從小到大，充斥的各式各樣的語言、肢體動作、表情、眼神，還有言論。被餵養的是什麼東西呢？照收不誤的自己，只剩疲累以及無止盡的配合，成為一個好人。

啊！好累！

不過開始選擇自己的現在，創造的未來，如果可以，允許自己感覺喜悅與值得被好好對待。於是我開始關掉不想看的、離開無法接受的、不想勉強自己去吸收與無法排除。

這樣也好吧，我想就是這樣了吧。

我相信這自己的以後，作品會被更多人看到，我會出現在法國、紐約、倫敦……，因為我的作品會帶著我走向更遠的地方。不過我們都是在宇宙間小小小的塵埃，微小但也無可限量。

相信吧！

位置

如果妳的內心覺得
不　舒服
不自　在
那就走吧
　　　　啟程
會有更適合妳的
地方
世界　這　麼　大

走　吧
　走吧

2022/11/03

總會遇見的　一定

真正適合你的人
出　　　現
他已經出現　了
就是這樣的
相　信　著

2022/11/04

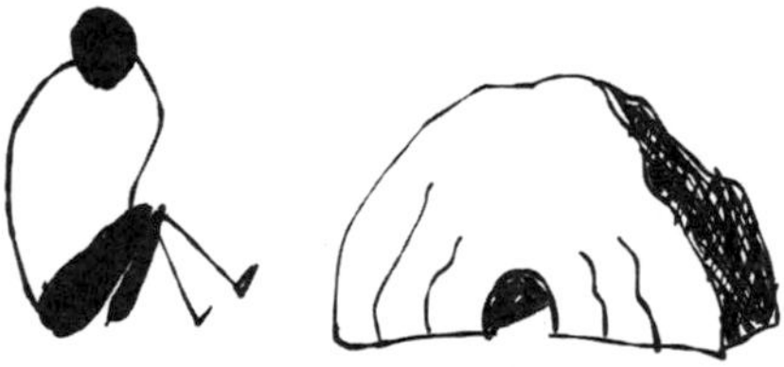

2022.11.28

成為自己就夠好了

☆你是什麼模樣

我們是怎麼成為別人眼中的「自己」呢？

那些真的是「我」嗎？反覆的思考，反覆的掙扎與糾結，那些根本不存在，一切的幻影。

其實從國中開始，就知道自己真正想做的事情——藝術。那是騙不了人的。因為那就是會知道的事情，只是被成績還有標準答案鎖定了。優秀的同儕唯一的方向：國立學校。然後寫著一張一張的考卷，再核對唯一的答案。那些超過標準答案範圍的東西，都會被說是「沒有意義的」。

所以心目中刻畫自己的模樣，想像的樣子是個藝術家，但沒有達到的時候，就會懊悔覺得自己沒有用處，把自己關在「一事無成」的牢籠裡。如果有人能告訴我，其實那些煩惱，是真的可以好好咀嚼的，不必害臊，不必覺得自己可悲。

渺小的心理也是可以的，因為那都是自己的一部分。

雖然跟別人說起來會覺得其他人都是永遠的壯大，但不好意思，那些微小的「存在」還是會在他們的內心竄苗。

時好時壞的情況，重新演練，其實我們都是來體驗這個世界，好好壞壞累積著「自己」。

在不同的時間有不相似的模樣也是可以的。

如果為了別人口中的最好，而汲汲營營的追求著，也許可以得到短暫的讚美，可是心裡面那種不舒暢的感覺，一定會發現的。倘若如此，不如好好的思考，來到這個地球，最想要成為的模樣，以及自己想要的生活模樣。

希望自己能夠在有限的人生時間裡面，為了自己的喜悅，好好感受這些流動的情感。好好壞壞，都沒有關係。

20230317

夢想著那片天空

會有妳活過的痕跡
這是　　肯定的
因為妳　大口呼吸
直到　直到　直到

你
會
知　道

2022/11/18

成就

成為什麼樣子
就　自己選擇

好　　好的
溫柔的對待自己
不急著好
也不急著　趕上

因為
自己　有屬於自己的步調

方式
想　像

2022/10/17

都不算太晚

在 照顧自己

的 感受

前面

2022/10/16

平靜的感覺

時而浮現
時而不見
於是每個瞬間
都無比的珍貴
收　好

2022/11/02

寶藏

藏在你以為最遠的地方
其實就在你的手邊
習以為常
中

2022/10/15

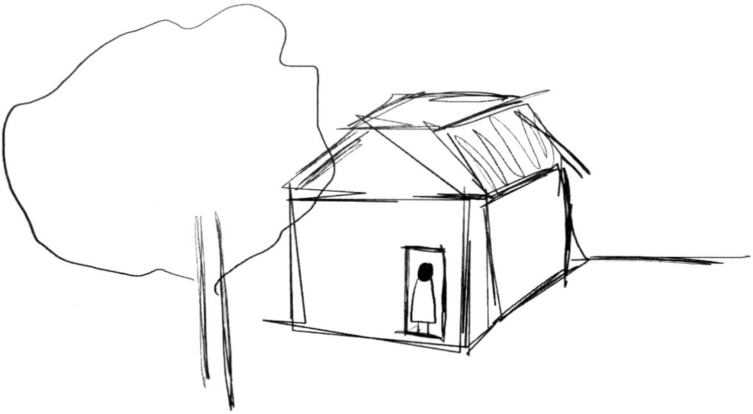

20230319

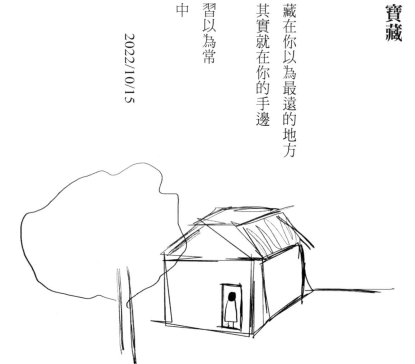

五月

尋找自己的路

創作的力量

☆那是一種無可救藥的病

倘若曾在黑暗不見五指的黑洞中待過，就更能深刻的體會光亮的一點點微光。

越是強烈的光，背後都是最璀璨的黑。

那些從身體裡面不斷冒出來的文字與無法克制手的繪畫，就成為了我創作的源頭，縱使一點都不羅曼蒂克，但是還是可以成為活著的動力了吧！

因為曾經那些都是迫使著我呼吸心跳有意義的舉動。

不是靈感源源不絕，而是無法克制的「掙扎」。

20230427

☆為了什麼創作

我在畫圖的過程中，追求著一個平靜，至少在這段期間是安心的，是專注的，是有力量的。不必去看別人的臉色，也不用討好誰，因為我畫圖，只因為我畫圖。同時沒有分數、沒有比較、沒有抗拒、沒有懷疑。

單單純純的就是為了一段時間的平靜。

在二〇一七年五月二十二日我開始畫巴庫點點，是去台北看完展覽後的發想。但我也不覺得她哪裡好看，只是就分享給幾個朋友，意外的發現，他們竟然覺得「有趣」，但我還沒有意識到，原來我的創作可以表達些什麼。

二〇二〇年參加花蓮城市空間藝術節，我辦了自己的第一次展覽《今天幾月幾號／好好活下去》跟大約六百個不認識的觀者，有了連結，他們從我的作品——巴庫點點與詩文中，同感於日常生活，很單純又能有豐富的意義、也帶給他們勇氣。我才真正開始體會，原來如此，我為了什麼創作，原來是為了這個瞬間，看著觀者的眼神，真的會很感動與感謝。

「人，還是不能獨活。」

大部分的時間是關在房間裡面創作，獨自面對，看久了也不覺得哪裡厲害。但是直到走出去，才發現，總會有人欣賞的。

總之能找到自己的道路，踩在這條路上的我，幸運吧。

一直在想，倘若我突然離開了這個世界，會留下些什麼，所以我會說「我的作品會活得比我更久。」這是很篤定的，因為未來的事情，誰也說不了算，而且死亡，這是必然的，一定會發生的。

那我至少留了幾首歌、幾本書、幾張畫，也算活在這個世界上了吧！如果真有輪迴，希望以後出生在未來世代的我，能被現在的我所留下的作品感動。這樣想就覺得不可怕了，而且還充滿了希望。

所以創作啊，就是我對活著的渴望與留下些什麼痕跡吧！

還想創作吧！還想活著吧！

今日宜

欣賞自己世界中
色彩　跟黑白
一樣　重　要
而且
缺　一　不　可

2023/01/12

跨出那

第一步
就會變成
順理成章的
下一步

2023/02/10

自己的路

關上耳朵　那些震耳欲聾的口語表達讓它過去
走著　　　　是妳的道路與此時此刻的現在
給自己明亮的眼睛　未來著未來　安好與安好
相信　　　　這都是來到地球的遊戲場域
這個這麼大的世界　　累積多少人的存在痕跡
一定　　會有的　那個　值得留意的東西
有屬於妳的道路
走吧
累積著一天天

就好
完成著妳的進度
不緩不急
剛剛好

2022/11/14

一樣

那　是有點　像
但那不是　妳
呼吸心跳　情感
都只屬於你自己

所以
繼續吧
繼續做著你的事吧

一樣的　不一樣

2023/01/15

20221014

以為沒有

前　進
其實日日分分
都在堆疊
一個屬於自己的
方　式
別管別人怎麼說
無論他們怎麼講
你可以走著你的路

此生無憾的
走　著
不是
不是
別人的期待
而是妳的
妳　的
日　與　夜

2022/11/14

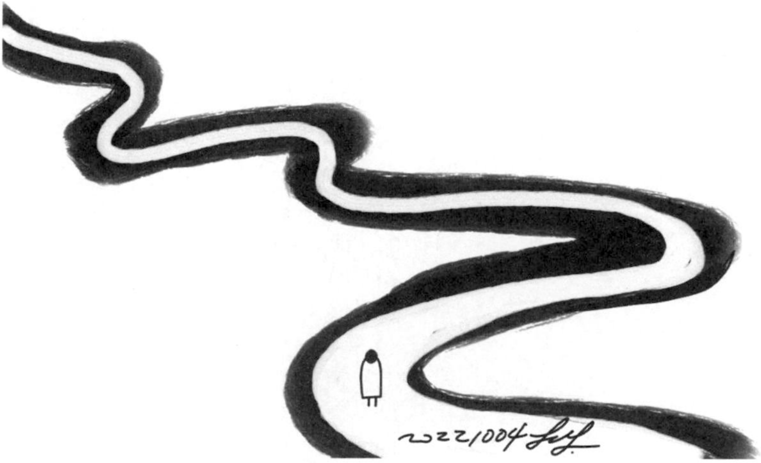

允許自己做夢

☆我是一邊想著自己美好的樣子，又一邊懷疑著自己的能力

這樣的情況其實也不算少，有時候會覺得這就是我最棒的時候了，但是不久之後又會覺得，這樣真的可以嗎？像我這樣出書，真的會被接受嗎？其實在寫的過程中，我真的一度想要放棄，可能不只一度，因為這些文字真的有她的力量或可以帶給別人什麼好的養分嗎？

即使抬頭望給自己很多鼓勵，但是不久後又消失了，於是這樣反反覆覆的情緒在我的生活當中，不算太糟也不會太好。

可是允許自己作夢，我是肯定的，因為在還沒有成為自由藝

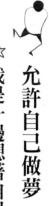

術創作人之前，其實也想過什麼樣子的生活是我自己想要的。我也是一個詞曲創作者，這些自己寫的歌真的能讓別人產生共鳴嗎？我好懷疑，可是又有種莫名的肯定。

所以我跟我的責任編輯說想要出一本既不是那麼正向又不是那麼黑暗的書。

想要說的事情很簡單，就是我，也還是會對未來產生嚮往與渴望，也許在別人眼中我是一個成功的人（？）

但如此，我仍會懷疑會遊走在寂寞的邊緣。並不是成為了「藝術家」、「畫家」、「作家」、「駐唱歌手」、「街頭藝人」、「詩人」職稱之後的人，就人生一路光明了，彷彿無憂無慮的。

覺得自己渺小的可怕的時候，還是有的，覺得自己無助的時候，也還是有的。同時感受到幸福與愛也是有的。能夠透過文字或創作跟別人有所連結或互動，是真誠的。也是值得感謝的。因為除此之外，我也不知道自己能做什麼了。

總之我只是想要說，自己想要做的事情，你一定會知道，但是身邊的人給的很多意見，那就只是他們的建議，僅供參考而已。就讓那些想法與文字過去，因為我們還得好好的照顧自己呢！

而我們能做的事，就是允許自己作夢。

不過做夢這件事情，我想表示，並不是夢想是遙不可及的，我認為不是，只是自己要不要去做而已。

「要不要讓這件事變成生活，變成活著的一種方法。」

不敢想像的

慢慢　的走　著曾經的不敢想像
還是會到的　這和諧的平靜感受
慢慢的想　　能夠互相笑著的
還是會實現的　美好生活　已經
一步　　一步
從現在
此時　　此刻
開始
走　吧

2022/12/07

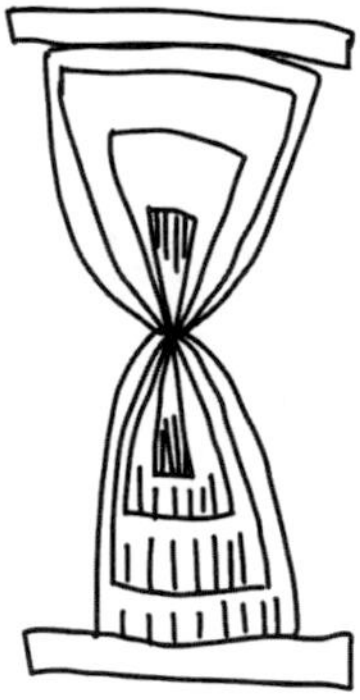

20220708

允許自己

感覺舒　服
感　覺成功
感覺　力量
感覺快　樂
感覺　細微　　的改變

2022/12/05

一切都是好好的

好好的　呼吸
好好的　做著
自己　喜歡的事

2022/12/09

20220703

六月

夢想

二〇二〇.〇四.〇六 h.s.

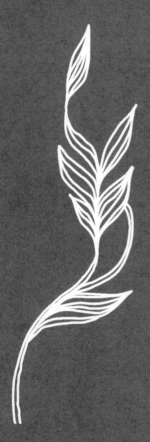

☆夢想這件事情

大約在二〇一六年那段時間其實不太喜歡「夢想」這個詞彙，因為我那時對這個名詞的定義是，要做不做都可以，而且如果沒有做到也沒關係，那終究是個夢想而已。

我通常會說，「創作這是我要做的事情」，不是可做可不做的那種。不過那時候也還沒有成績，除了畫一些線條，也沒什麼了不起。

經過了幾年之後，我開始在腦袋裡面想著要做一個自由藝術創作人，然後就真的去做了。開始將圖與文發在網路上，然後持續的繪畫著紙本的作品，看著墨水流動，還有一些每天想說的文字出現。過了一年真的去考了街頭藝人。站在舞台上演唱自己的歌，好多好多。一步一步地實現了要做的事情。然後接著就是會有更多的想做的事情，而我也慢慢的把這些當作是自己的「夢想」，那種就是一定會做到的。

總結我自己覺得最重要的事情，就是開始放鬆的去做，此時此刻能做的事。

夢想啊，在茫茫的人海中，可以看見的模樣，是自己最渴望的成果，也是在追求的過程裡，看到的風景，有時可以和人分享，有時候卻適合自己獨享，那些累積在身體裡面的元素，都會好好的保護著創作者，一階又一階踏著，那些剎那為永恆的瞬間。

夢想啊！

內心的渴望

逐步跨出　那一步　的確是很艱難　但也喜悅
開始　吧　真的可以開始了　這些累積　都是
決定　未來的

只有此刻的　出發了
就會看見吧

2023/02/09

當這件事

成為存在　的　原因
就莫名輕鬆地多
還是可以　優雅地
生　　活

2022/12/01

理想的生活

正在 一步一步的
靠近中
記得 快 樂
記得 照顧 自己

記 得 記 得

2023/01/11

20230412

每日堅持

☆如果想要做一件事　每天

開啟每日創作的契機，是我想在生活中，留下些什麼，活著的痕跡。所以才會延伸出後續的創作練習，雖然我的作品很簡單，但我不會認為那是個練習，就輕視它。而是把每天每天的創作，哪怕是只有十分鐘也好，我也會認真的對待。

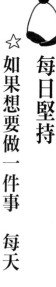

最好的辦法就是讓它越簡單越好，就像刷牙一樣。每天五分鐘的練習，保持下去，不慌不忙，就算很累，想休息，也告訴自己，只要給自己五分鐘，先把這件事情做完，就可以放鬆了，至少我是這樣保持每天的創作。

不過也要偶爾放鬆，因為不見得每一天的狀態都一樣。如果真的很累，想要休息也是可以的，因為規則是自己訂的。

我常想，人生是不是就像四通八達的馬路一樣，也許我們短暫的跟幾個人在某一個路口相遇（那可能是同學、家人、朋友等），並行了幾個快車道，停了幾個紅綠燈之後，他右轉，而我直行，還有人路邊停車呢！那是不是誰輸誰贏，誰油門催得快，有沒有超車，好像一點都不重要。

重要的是，自己的路線、自己的方向與目的地。如果跟別人不一樣，似乎也不是太需要在意的。因為本來就會不同，這是肯定的吧！

所以做吧，做你想做的事情，自己的道路，自己尋找，一切都會有愛在背後推著我們往前。

順其自然的可能性，就不只一個單一的作法，偶爾嘗試新鮮的事物，也是滿好的吧，就算不是偉大的想法，或者是一定會成功的契機，可在日常中慢慢的累積，也會有燦爛的圖形，陪伴著自己好好的存在著。不一定要往前，也不懼怕退後，更不會執著於一定要往右或往左。讓自然的流動，悄悄流入心裡吧！

☆沒有進步也沒關係吧

其實沒有人限制我一定要每天都進步，可是在練習吉他的路上、或不敢繪畫顏色相關的作品的時候，我都會有一種感受，就是如果沒有突然變厲害，突然創作出很厲害的作品，那乾脆不要畫了。因為自己限制了自己的可能性，所以停滯，好多天好多年，定給自己很高的門檻，然後放棄。

不過現在此時此刻，我覺得用最低限度的努力就好了。好好的面對自己要做的事情，然後執行，給自己安全的感覺。

六月

夢想

細碎的線

仍是　可以承受百般煩惱　長夜如此漫長
自由飛翔　反襯出意義的狀聲詞　如此聲響
當一驚夢醒　天猶未明　還能有這樣　的景象
較為特徵的戲子　還沒　創造的夜漫漫
如　水　如　幻　如夢　如無　啊

2022/12/21

六月
夢想

魚也不爬樹

妳何必要求自己會飛

2022/11/07

20220509

挑戰自己的極限

微醺　在生命的抑揚頓挫中
微暈　在結構的無可奈何裡
微努力　在晝夜的人間喜怒裡
對活著的一片癡情
繁華喧鬧中　找一席安靜的順流

2022/12/10

漩渦之外

還是可以　　保持極微小的
行動

開始了之後
就會滾動著對未來的想像
不再陌生的色彩顏料
就不害怕　心底懷疑的煙燻味

開始可以　可以回到這個自己
思考
什麼是
自己的　　　　模樣

2022/11/11

只要看得到

前方兩百公尺的路　踩著陸地的踏實感
就足夠往前了　微小的步伐　也是啊
偶爾照亮著要踏上的路　喚起憂傷與喜悅
不論終點是否平坦
也　不　大　要緊了

2022/11/24

習慣或改變

都　不是容易的事
但　　能嘗試
再試　試　看
也許會有新的機會
吧

2022/11/26

聚集的堡壘

一塊一塊的磚　不理不睬的
往上　存放
一點一點的目光　不慌不忙
往左　假裝

低沉的節奏　風聲　不再單純
只為了日日　　夜夜盼望
屬於自己　　如於自己的

2022/12/21

2023.04.30

目的地

其實不是個終點　沒　　有地方是終點
她是個開始　也不是個開始　隨時都在
而目的地　只是個　　不存在的想像

但其重要的　讓人誤會　並且追求
毫無傻氣的　　　以為可以緊握

那不都是個圓圈
每一個　點　　既是

起

也是
尾
安然吧
平靜在自己的角落
也
不
壞
2022/12/18

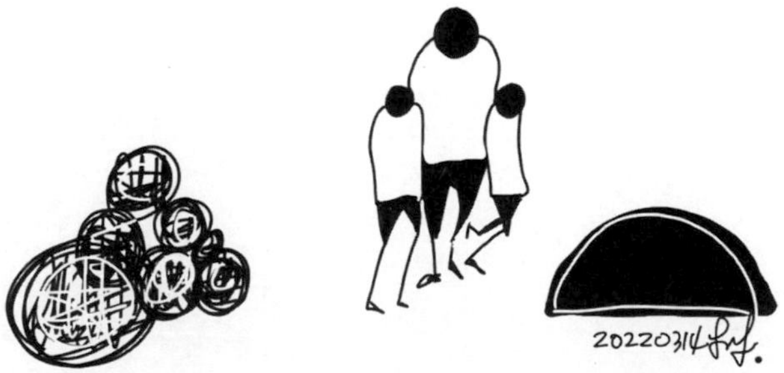

保持著

自己的速　度
維持自己的樣子
一步一步的走

有一天
總會　　到的

2022/09/16

20230403

直到那天

可以抬頭挺胸的時候
就　不害怕了吧

2022/11/08

成為光

☆不知不覺中間，就成為了光

在實現自我志向的路途中，一定會接受到很多的愛與光，這是不可否定的，雖然大家常說夢想的追求是痛苦且孤獨的，然而靜下心來想想，身邊一定有人默默的支持著我們，只是願不願意接受。

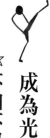

在越黑暗的地方，越能感受到微小的光的重要，那些幽暗低谷的深淵，緊緊抓著看不見的憂傷，但還是能在石頭縫裡面找到一絲絲絲絲的光，那些人事物，可能是認識的也可能是陌生的，突如其來的一句話、一個安慰，都足夠支撐著再往前一點點。

當在追逐網路上的裝飾過的美好人生，也會忘卻了你我有除了漂亮以外，還是有哀傷、心碎、痛苦。那些不好意思對別人說的話，變成文字藏在筆記本裡面，那些心酸酸的感覺，也隨著雨變成一點點眼淚。好像全世界都消失了美好的感覺，也無法與人做更多的連結。好痛苦啊！

然而這都是正常的，也不需要刻意隱瞞著。

我最喜歡中島美嘉的〈曾經我也想過一了百了〉這首歌，給我很多力量，對於我來說，她就是我的光。也許她也有自己的黑暗與緊抓著光，也許她也不知道自己成為了我的光。但是光是一個存在，就充滿感謝。

倘若有天，我也成為了別人的光，那就太值得感謝了。謝謝給我機會。真的。

沒關係　記得帶著自己

踏上的旅程　有孤單　也有寂寞
不論多膚淺的傷心　孤寂凸顯
夜的靜謐　精準的卡在　左肩

但有自己　陪著我

開始建立　看得到的　不尋常　又平常的

未　　來

2022/10/13

在那之前

一直　有不能前進的原因　駐足在泥濘的地
不肯　說的理由　就算說了也沒有改變
過不去的結　　還是落在腳尖啊

直到　直到　直到

不勉強自己　接受之後

門　突然　就打開　了

2023/01/10

七月

不好意思的心裡話

20230406

☆看著以前所寫的文字

完全想不起來，到底是什麼樣的情況下所寫的。

而且語感的表達也是我現在所無法體會的。突然會羨慕起那時候的自己，能夠在文字堆疊上面，有一種說不出來的哀傷，現在覺得好有趣啊。

反正只有此時此刻的自己才寫得出來的。

我自己有個好習慣，就是喜歡記錄。我喜歡在每一個能留下日期的地方，留下日期，因為當我回頭過了幾天幾年，那時候會想，啊，原來二〇二三年的我是這樣想的啊。

在我的作品上面，一定會留下日期，因為那就是獨一無二的印記。對日期有著說不出來的著迷。

最近晚上睡前會看一些畫冊，看著慕夏的作品，我都好希望回到他的過去，跟他說：「欸，你在簽名的時候留一下日期吧！讓我知道你是何年何月何日完成的啊！」

每一個日期烙印之後，我就不敢更動，因為不想破壞那種自己覺得的協調感，還有只屬於當天的創作，好像再多一天就是破壞規則了。這是我自己的遊戲，你也有屬於自己的一套規則嗎？

☆喃喃自語

活著這件事情，到底是否有對錯，是繞遠路是錯的，還是走直線是對的，誰能告訴我答案呢？

雖然有很多不確定的事情，

「但只有活著，才能看到花開的那一刻。」

我想說的事情有點多，也許對我來說我的正向，是別人的負向，而他人覺得的好卻是我的壞，應該也是有這樣的可能吧！

所以會喜歡的人會靠近，頻率不同的人會離開，這應該是正常的事情吧。

那我是不是可以，好好的專心的活成自己的樣子呢？不是在別人的期待、老師的期待、家庭的期待、社會的期待。好像他們總是希望我能正向樂觀開朗，常想一些好的事情，嗯，我想也是。會不會是因為他們也做不到，所以才會強烈的希望至少有人可以做到吧？

我現在想好好的正視自己的感受，因為值得。

對於不喜歡的事情，我會好好的離開。

不可跟人說

藏在北極星的　妳的秘密　凝聚艱難與淺言淡語
像魚在飛的夜裡　妳的慌張　唯獨　玉盤才能細細聽見
幾片幾天的回憶　還有幾年幾載　知道更多更遠的飄逸

只在指　尖
沿途的美　讓人　不得不醉　不昏不醒　不怕不懼

2023/01/29

七月

不好意思的心裡話

隱藏的秘密

任風吹過臉頰而沒有　留下痕跡
因為臉上沒有淚痕卡不　了沙
偷偷駐足在日記的頁面
順手的藍色沾水筆
記著屬於今天的　三言兩語

2023/01/13

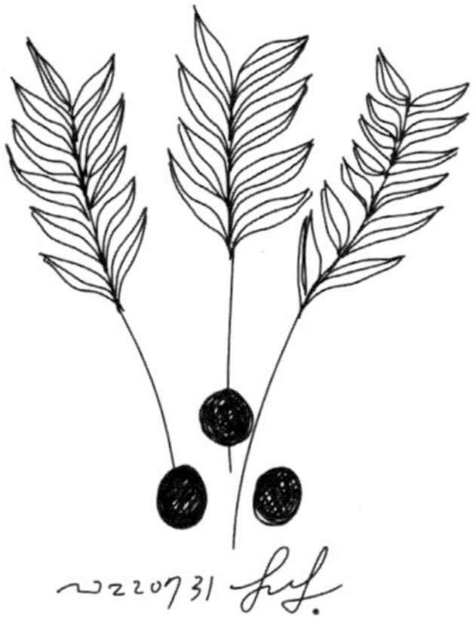

總之就是

慢慢　　　　的好
不急著「越來越好」
找到自己的模樣
憂傷喜悅
就夠了

此時　此　刻
放　過　自　己

2022/12/27

心裡的話

直到　整理好
跟別人說的時候
那一　定是
鼓足了　勇氣

對　吧

2022/11/17

恐懼會在　也沒關係

☆恐懼這件事情

其實真的是吞噬著我好久。

對未來的恐懼，我會成為一個成功的藝術家嗎？我的作品能被人看見與接受嗎？這些藝術的行為，真的有意義嗎？還有對不知道的事情的恐懼，對這件事做了之後會變成怎麼樣。我真的可以嗎？我適合活在這個世界上嗎？會不會有人偷偷地嘲笑著我。而我只是一個渺渺小小的自我，像是宇宙間的塵埃。

但也許是因為這樣的恐懼，也夠支撐著我繼續往前，因為傷痕還是在，所以會更用心的過著自己的人生。

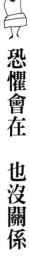

會不會有人看了這本書想得到療癒，但是變得有點憂鬱啊？對此我也感到有點不好意思，不過這就是我想做的事情。自己的想法也不盡然都是正向美好的。所以像我這樣的人，還能活在這個世界上，也許也是種奇蹟了吧。

在面對白紙的時候，我反而不會恐懼，而是一種很期待的感覺，很自然就可以在上面畫出第一筆，當我開始畫之後，就會有接下來的筆觸，我喜歡這種可以讓她們一直綿延的感覺，現在會覺得，自己的創作，也許是對自己的一種祝福與愛，也因此才有機會能更多人的分享吧！

好吧！持續的用創作安慰自己，然後不小心療癒到你，吧！

我知道你一直都在

等我　發現妳
察覺你的狀態
沒有懷疑跟恐懼
也就　沒有妳
但還好妳緊緊抓著
這個還想活著的線
讓我　　此時此刻
熟悉　人　　間

2023/02/07

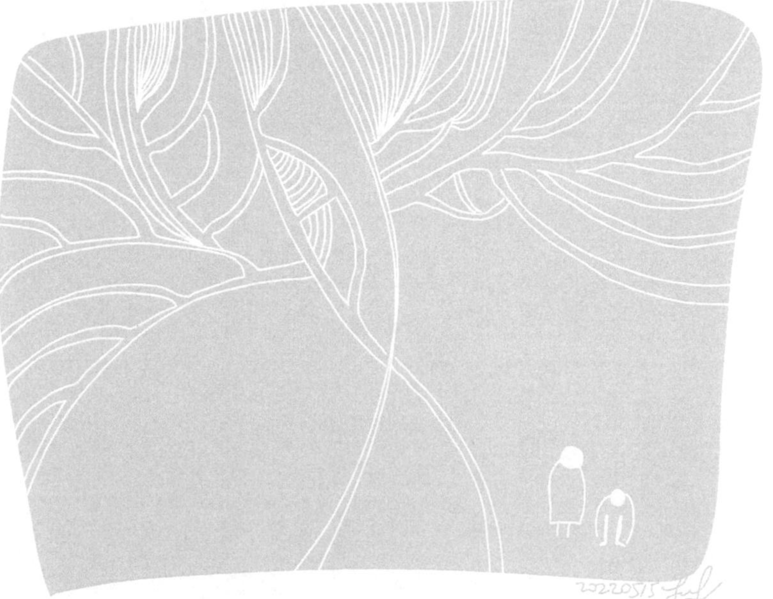

七月

不好意思的心裡話

也不全然

的白　的正向　的美好
因為有黑也才能勾勒線條

活潑了短暫的想望
生活的憂傷與感受
樸實了底線的蟲鳴

喜悅與無助
　　　　歡樂與憂鬱
　　　　　　　都一樣
清　新　重　要

2022/11/21

~220622 S.L.

七　不　2
月　好　0
　　意　7
　　思　一
　　的
　　心
　　裡
　　話

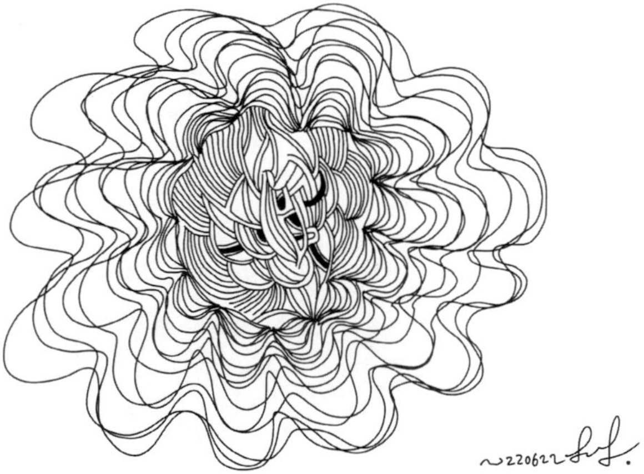

有不安也可以

☆與迷茫

對未來沒有想像，我覺得這是最可怕的事情，因為沒有想像，所以就會變成別人的規則，讓我們不得不照著走。

然而這是真的嗎？這一個人生是真的只能這樣嗎？那是別人的渴望，還是父母的期待，或者是同儕的競爭。

但，

一定要贏在起跑點嗎？

我們之後的賽道，根本就沒有在同一個路程中，有人游泳出海洋，有人往高去爬山，有人打字在書房。真的有這麼重要嗎？

所以，害怕也是可以的，因為這是正常的。

迷茫也是正常的。

如果發現自己在迷茫，那真是太好了，因為我們終於體驗到迷茫的樣子。那肯定的，我們也會體驗到幸福、快樂、悲傷、自由。慢慢的好吧，慢慢的想像。

有了想像，才有真正的未來，我是這樣想的。

累的時候

就承認自己　　累了
當負面情緒來的時候
就讓他來　　吧

沒有變得比較低級
也不會　　成為高尚

就是一個情緒
沒關係的
　　　　沒關係的

心中的光
有時熄滅
有時沮喪
也沒 關 係 吧

2023/02/04

20220825

珍貴的

祝福
會在書的　某　一　頁
出現
而我們的生活
也會
出現
自己覺得珍貴的
人事物

好好的擁抱著
因為
有了想要珍惜的東西
那溫暖的感覺

足夠安慰著我

再
走　　幾步路

2022/09/19

靜靜的也好

當妳懷疑　　自己時
就任由那些想法騷動
會有一句話
停留　反覆
咀嚼著　沒關係啊

因為
妳是　　值　得　　的

2023/01/28

二〇二〇三〇二一四 Ir.

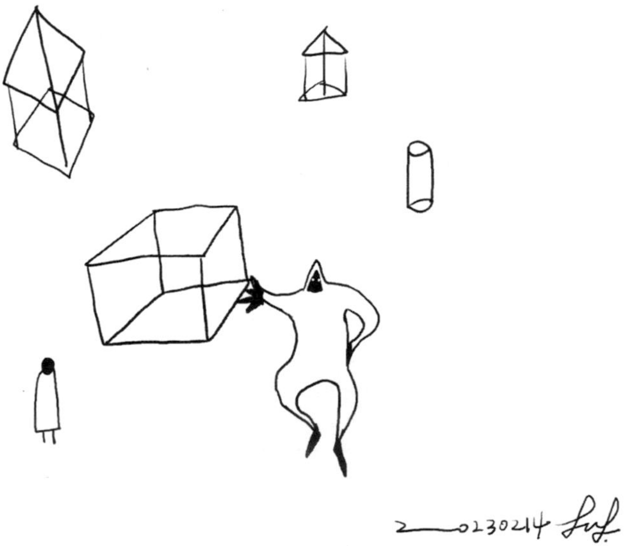

真的可以吧

☆這樣真的可以嗎

反覆的問著自己，什麼樣子才是自己最希望成為的模樣，可能在他人的期待中，誤以為自己可以變成他們所期待的模樣，不過漸漸迷失自己存在在這世界的原因，那會不會有點可惜呢？

做著自己想做的事情，不容易，也不輕鬆，可重複著別人的道路，真的會比較快或覺得成功嗎？那所謂的成功到底是什麼樣的長相呢？

就是因為不知道，所以才能開始安安穩穩的做著這條路的進行，不慌不忙的深呼吸著這土地與天空給的溫度，還有自己的感受吧！

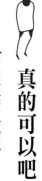

20220902 hf.

璀燦的光

春天還沒有　細雨斜風
夏天還沒有　蟬蟲唱弄

太陽撒落　閃爍在　眼前的模樣
是一步一步　矛盾與極端正　反
還原了煙雨籠罩城市詩酒年華

不　　急　著變好　吧
現在的當下的此時此刻的
呼著大口的青春
吸著大把的年歲

在夜裡聽著名曲　賞心賞耳賞人間
黯然　璀璨　　亦可　同行

2022/12/11

八月

努力一點點就好

☆真的一點點就好

真的，最低限度的練習，也是會有效果的。雖然很慢很慢，但至少已經開始了。那不就是最值得慶祝的事情嗎？願意去做，就是一步一步的走著，雖然不一定就是往前，但至少是有在移動，為什麼一定要前進呢？

如果汽車只有前進，那應該會造成城市的大亂吧？所以需要後退，需要休息，需要踩剎車，這些都是可以被接受的，所以真的不必要一直想著自己就必須怎樣怎樣，又會是怎麼規則什麼的侷限著自己的想像。

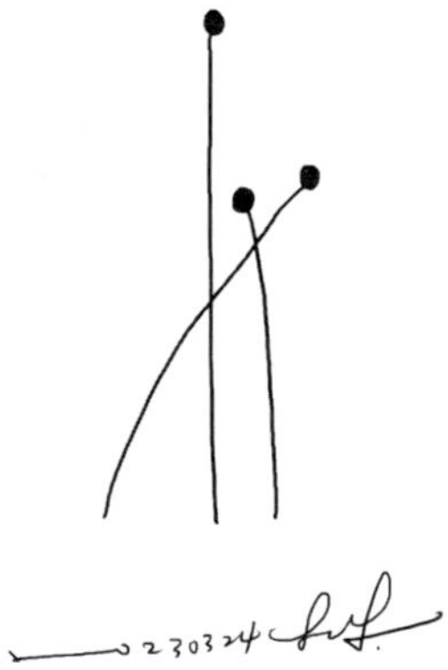

上升的花朵

折騰的　　未解開
享受至折磨的地平線
那個房間絕對不會被看到的

妳這樣　說

規律的生活日常的不得了
每當反反覆覆擁擠的瞬間
妳總讓模糊質疑了雷陣雨

荒廢吧

慢慢下　　　　陷

再一次翻動的土　還有一切的想像

只是更多的實驗

或增或減的抉擇

讓美好出現　不偏不移的

慢慢

上升

2023/02/02

2023/11/12

八月

努力一點點就好

不勉強

☆最低限度的努力

二〇一七年開始，我給自己一個規則，是要每天都畫圖，類似寫日記的形式，不過是用畫的。這樣進行了幾年的時間，不論是開心或憂愁都會進行。但大約在二〇二二年九月左右，感覺到很焦躁，因為我擔心今天畫不出像昨天那樣好的作品怎麼辦，所以開始會有點不想要在睡覺前的時刻畫圖。

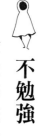

即使睡前的創作感受最豐富，但也會把腦袋開關打開，反而畫完與寫完文字後，還會有蠢蠢欲試的感覺，就不好睡了。

後來突破的方法是跟自己說：「好吧，我就今天不勉強自己做曠世巨作的態度，就完成日常的小累積就好，反正巴庫點點是一個小小的圓點，那我就畫一隻就好了，今天就畫一隻。或者任流線的線條作品，那我就畫一片葉子就好。」

當我的心情改變了之後，發覺自己比較輕鬆，而且做到最低限度的努力就好了，通常當我越放鬆的去畫，都會畫的比預期想像中的多。

所以我的原則就是「最低限度的努力就好了」，這應該要大力的被推動才是。

抽離之後來看吧

原來在關上門的房間　還是因為窗戶
與別人進行連結

再封閉的空間　也會細微的光透入

開始深信作品的產生
一定會帶來影響
對自己
或
他人

只要一直走下去

沒辦法成為「誰」　但能成為「自己」

多遠多遠的地方　多近多近多距離

2022/10/29

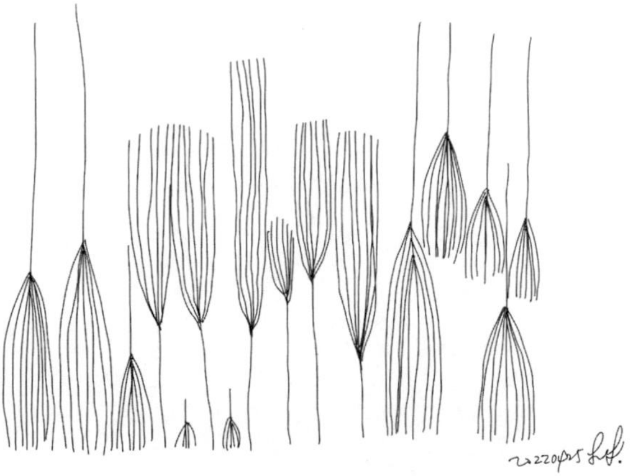

懶惰的人

我是

用最少的力氣
最輕鬆的方式
最簡易的線條
最開放的和弦
創造一個

純粹

因為夠懶
所以才能在最短的時間
完成

日常的累積

絕對
不要
太複雜
太龐大
太嚴格

一天一點點就好
懶懶的最好

啊對了
還要加一個
好　好　　玩

2022/11/20

20220509

無從比較

「妳看看人家……」
「那麼可憐，那麼辛苦……」
「比你難過的人多的是……」
「為什麼你不好好珍惜年輕，多努力……去找個穩定的工作！」

這真是個有趣的觀點

但與自己無關
那些發生在個體身上的事
唯有本人才清楚其中

所有的不安與懷疑
總歸成一句低潮期
是不夠的

別人總是期待「變得更好」
但我沒有這樣子渴望
因為此時此刻
已經夠好了

成為自己的樣子
無從比較

2022/12/18

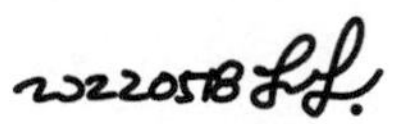

我畫是為了

讓自己安靜在這個當下
純粹的呼吸與感受
此時此刻的
自己
妳呢？

2022/11/27

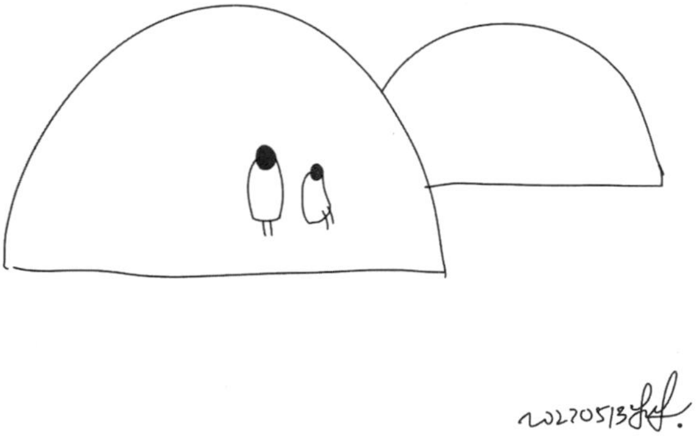

九月

懷疑自己是可以的

珍惜自己的感受

☆ 羨慕別人的時候　我手緊握

滑著社群，就會有種別人都生活得好好喔，那自己呢？羨慕誰又出國、誰又得獎、誰好像活得比較好。

不過我在想會不會也可能也會有人羨慕我吧？

可是其實每個人心中都有很多故事，而且也無從比較起，誰的快樂並不會成為我的喜悅，而我的憂傷，也和他人不同。所以還是專注回到自己吧！

我從以前就是個很容易看不起自己的人，在高中的時候第一次聽到有人這樣跟我說：「妳真的不要妄自菲薄，其實妳很好！」我還問她那是什麼意思？後來才知道那是把自己看得很不重要、隨意地輕視自己。

重視自己是什麼感覺呢？很難啊！很難去把自己看得厚實？

因為當自己感覺很好的時候，就會有人說：「妳真的是自我感覺良好。」不活在別人的言語中，對我來說好像滿難的。不管做什麼都會有人說好或壞，然後就會影響到自己的狀態。

妳會這樣嗎？

就算我做了很多的嘗試，有很多的抬頭，其實我還是一個渺小的自我。

可是這和以前覺得「自己渺小的不可以見人」的那種感覺又不同了，就是將我的作品公開分享給觀者之後，自己（創作人）就不存在了，因為那時候作品與觀者之間是新的聯繫，與我本人不太有關係，那我渺小，也不會不安難受了。

安心的感覺是有事情可以做，有想要的未來，有創作的作品，此時此刻的現在，很幸福也很安心。所以讓自己慢慢的好，不慌不忙，輕輕鬆鬆，真的足夠美好了。

☆活著這件事情

二〇二二年的八月十八日，是我開始感受未來的日子想怎麼去創作，我將想做的事寫在紙上，也算是一種進步了吧！活著這件事情，越來越自然，越來越多畫面。正常生活、慢慢生活，要做的事情變多也算好事。

突然有個想法「不是我不夠好，而是我還沒練好而已」。與人競爭、比較，誰更優秀、誰更早成功，都讓我陷入深深的疲累。為了要追上誰的腳步、為了要比誰卓越，到底花了多少時間在彼此對立當中呢。

就算此時此刻的自己還沒開花，也不必擔心吧！因為我們就是還在自己的花期，其實就算自己沒有開花也沒有關係吧。

我們可以欣賞別人所開出的花園，帶著自己的餐點，鋪張野餐墊，欣賞別人的花，也滿好的吧！她的花香、她的艷麗、她的努力，我們不必否定，也可以保持愉快的心情，好好的知道，她的存在，就好了。

值得稱讚自己一下。

我一開始準備接受，接受自己的與眾不同，接受沒有辦法改變的習慣，那些覺得自己渺小，自己不夠好的聲音。我可以接受一直苛責自己的狀態，雖然活得很累，但我也想慢慢的接受。

其實我已經夠好了。

就像把石頭丟入水中，掀起漣漪，再回到平靜。

自由自在的生活，是我最大的期待，不過其實現在也已經實現了，當我在流動的感受中。

☆慢慢的好

我會欣賞花草的微小的美

我也會細聽雨落的聲音，喜歡觀察自然的美，你可能是，也可能不是，但都沒有關係，因為這是我的喜歡，而你也有你的鍾愛。我珍惜我自己的，也尊重你的。

有一次跟朋友出去遊玩的時候，突然有個體悟，就是呢，這個世界有巨大的葉子，可能比一個人的身體還大，同時也有微小到比一公分還要小的葉子。他們會互相比較嗎？「嘿！妳看我是世界上最大的葉子，所以我比較厲害哦！」然後如果微小的葉子說：「哇！妳長得好大喔！我跟妳比起來好像不適合活在這個世界上欸。」好像也有點微妙的。因為微小的葉子可以放在蛋糕上面作裝飾，多美啊！

所以大或小好像其實也沒有關係，只要能夠將自己的形狀放在適當的位置，也許就好了

雖然有時候我也會覺得對自己失望，像是幾歲的自己應該要是什麼樣的狀態，當沒有達到的時候就會嘲笑著自己，好像那麼多年的一事無成的模樣一點長進都沒有。雖然說出來的時候會覺得有點好笑，可是這些的確是困擾了我一段時間。

可是懷疑自己也是可以的吧！不只是一點點原諒也好，一點點失望也好。都是自己的啊！就是一種體驗，一種感受，好好的珍惜，這種可以呼吸的時候。

☆準備好了嗎？

即將迎接不同的生活，接受自己是個適合創作的人，然後把時間花在繪畫、文字、音樂上，雖然物質世界沒有改變太多，但我知道內心已經有所不同，那微小的看不到的，也摸不著的喜悅，就算只有兩秒也足夠感謝。

以前疲累不堪的自己，一直累積著不知道該怎麼說出口的話，終於給自己休息的允許。

曾經我認為要做一件事，就是要長長久久，不論喜怒哀樂，春夏秋冬，日夜喧靜都要輸出自己。可此時我想回到自己，另一個模樣的生活型態在改變中，所以疲累是正常的，休息是可以的，願好，慢慢發生。

要做的事很多啊，我都會累積到最後的期限，這個習慣不太

好，可在還沒有想做的情緒出現的時候，我也無能為力啊！（笑）

通常想做一件事情，都會想要準備的很完全，才會敢去做，但是生活也不一定都是可以安排的，所以當想要做的事情出現的時候，不要再推移了，趕緊去做吧！這趟地球之旅，還是好好把握時間吧！

慣用的詞彙

筆下的字句　唯唯諾諾
標點符號　委委屈屈
那麼熟悉　一言不發
那麼陌生　一成消瘦

暗暗地寫下　「好」
自以為是滿足別人的期待
沾沾自喜　以為　活過

重建自信的　路上
懷疑與不安總是伴隨著

日復一日的　滴答雨滴
學習肯定自己　腳踏大地
再偷偷塗掉　有著緩和的修正
再重新填寫　落筆喜歡的軌跡
值得　的
好
唯有自己　知　道

2022/11/23
2023/11/16

醞釀著的

你以為自己什麼都沒有　　渺小的沒有意思
其實在日日常常的一天　綠葉成蔭　微酸果香
好好　好好　好好　活著

今天

就是　　最大的　　努力　　了

2022/11/24

十月

仍是美好

專注於自己能做的事

☆對未來迷茫也只有現在

可以是現在的樣子，能做的只有現在能做的事情。例如寫這本書，或者畫一篇作品。其實能做的事情都不是一蹴可幾的。

電影或影片，用了好長的時間剪輯，讓觀眾只要在幾秒或幾分鐘的期間內，看到一個人的轉變，但在現實上，我們真正能轉變的只有那個瞬間，之後，還是日日常常的樣子，沒有什麼特別的改變。

也不會因為擁有了什麼東西，自己就變得高尚。

都是在日常所累積的才開始改變著自己。但這不是一件，馬上就可能見成果的事情。需要等待。

好好地等待著。

我也滿好奇，大家對於迷茫的感受是怎麼樣子去緩和的。有一次我跟朋友說，我對未來感覺到很大的迷茫，我不知道我應該怎麼面對自己的未來，是應該找一份朝九晚五的工作，還是應該要踏上追尋藝術的道路上。

朋友跟我說：「感到迷茫也是好的，因為表示自己還活著，而且很有感受能力。」也許吧，雖然在當下聽到這個回答是無法接受的，但是最後，我選擇慢慢體會他說的，好像也滿有道理。至少在書寫這篇文章的時候我都還活著！

2023/11/21

☆慢慢地收集開心的事情

有些時候，我會期待自己變成一個正常人。

但是「正常人」又是怎麼定義的呢？是能夠在遇到困難時保持正向開朗，或者是很能和人交談如流，可是我勉強自己成為那樣的人，真正快樂嗎？其實沒有。只覺得自己像是個帶著面具的人。

現在，我有朋友、創作的事、葉子、海洋、山林。好像是否有變好或變成「正常人」對我來說已經不那麼重要了。

繪畫可以讓我有個出口，那些曾經是很混濁的思緒，經過我的手之後，變成更多的創作，隨著越創作的事情越多，未來的模樣就越來越清晰，也因此逐漸找到平靜的方法。

但是其實我不是定性很高的人，我總是三心二意，對很多事情感到興趣，可是卻不會一直堅持，老是放棄，所以我彈吉他、寫詩、畫圖，其實我分辨不出來誰比較重要或我喜歡那一個方式，只是在這不同時間點可以選擇做的事。

曾經我寫了一首詩，是關於我跟世界分手的狀態，沒有辦法感受更多了。（可以參考我的第一本圖文詩畫集——《聽夜在說話》。）那是一種很深沉的無力感，好像沒有更多的美好了。然後又很著急的想要自己趕快變好，有一種徒勞無功的無力感。快樂或喜悅，離我好遠好遠。

不過隨著一年又一年過去，我漸漸遇到很多愛我的人，讓我知道自己並不是孤單的，也不是無助的，還有可以是安全的，開始覺得，可以接受與放鬆，就算無法感受也沒有關係。

就是慢慢的好，不著急也不推遲吧！

20220815

正向感

不必太多
天冷偶爾感覺　只有自己一個人
安靜的不得了　只剩怠慢了冬日

只是練習美好
只是練習惆悵
只是練習徬徨
只是練習優雅
只是練習勇敢

吧

2022/12/27

未來的想像

越真實越好　細心刻畫著的地圖
然後相信著　肯定會發生的以後

就一切　這一切　就
安心了　　起來

2023/01/04

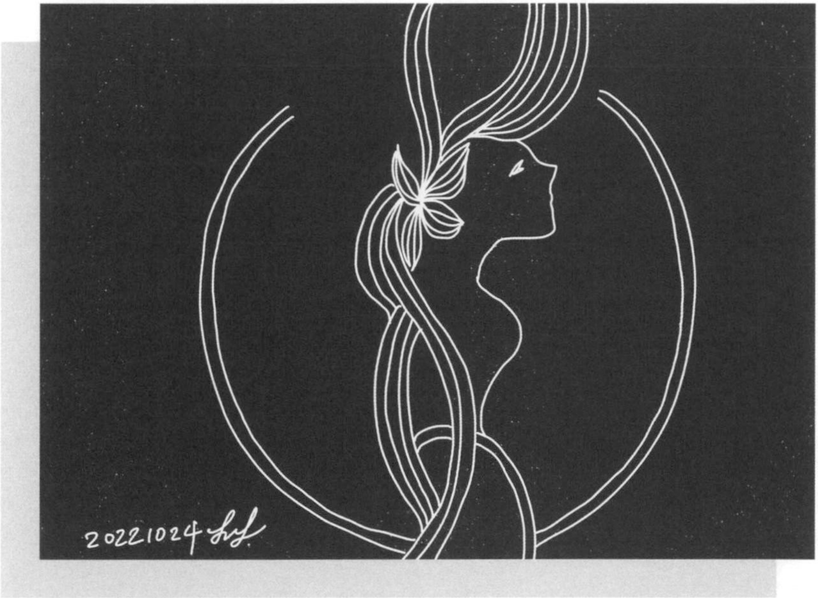
20221024

十一月

好的事情正在發生中

☆當我開始相信這件事情

就真的會發生。

如果我的心思放在「好的事情正在發生中」就會變得很順利，如果能選擇自己的腦袋中的聲音，我會盡量的讓這句話變成一個魔法，重複地想著。有個老掉牙的說法不是，如果今天是最後一天，那你會怎麼選擇呢？

我想如果那天我感覺憂傷，那我也不會勉強自己要正向，倘若那天我喜悅，我會讓美好持續圍繞著我，其實做的事情也就是慢慢地將這個時間拉長，也許一天只有五分鐘感覺到喜悅，那也可以啊，就是好好珍惜那五分鐘，就變成永恆了吧。

生活日常，就是重複又嶄新的開始，
就看此時此刻的你，想要怎麼決定。

20230409

☆突然之間

收回了失去已久的對色彩的直覺，我從二〇一五年開始畫了七八年的單色系列，黑白線條的巴庫點點、任流線。所以每次看到色彩麥克筆都會想說這我還需要嗎？我好像沒有辦法可以上色，還是賣掉好了，可遲遲沒有動作，所以他們還是持續的在我的房間角落，生著灰塵。

在二〇二三年的七月九日找回了這失落的直覺。

契機是朋友給了我一個著色的圓圈，讓我畫著綠色、紅色、藍色、黃色，然後我想，咦，其實好像也不用買其他的著色用具，因為我自己就有，所以把麥克筆的灰塵擦去，開始上色。突然想到其實我自己也滿多畫圖的紙，那來試試看畫個圖好吧。

就是因為「我有筆、我有紙」所以莫名其妙間，我又可以在紙上畫有顏色的作品了。

意外的讓我覺得是有力量的。

你也有這樣的經驗嗎？原本擁有的會的，突然在一夕之間消失，可過了歲歲年年月月日日，竟然又不著痕跡的出現，彷彿她從來沒有離開過。

好奇妙的經驗啊。

「那些曾經存在在身體經驗上體驗的美，會深刻留在血液裡，然後醞釀發酵，成為未來的烹飪材料。」

逐漸轉變中的自己，不是急著「變好」的自己，是用自己速度慢慢變好的進行中，就算後退，就算沒有前進，也一點都沒有關係。就是一種轉變中的旅程，而這條路上有自己、有畫作、歌曲、音樂。

生命中有多的突然之間，像是一種累積了很久的能量，突破了那一個出口，然後瞬間出現，會以為那是短暫的事情，其實裡面藏著很多日常的堅持與期待。

也許現在就是可以開始的那一天，也許今天就是一個最棒的時機了！然後過了一年又一年，就會突然之間。

20221030

兒時的想像

不過就是
一個太陽
幾片雲
還有草地

原來自由這麼的近
又這麼璀璨

沒有消失
也
可能存在

2023/02/08

花會開

就安心的澆水　不離棄的陪伴
可喜著享受向陽　時　序暗換
呼吸著空氣
　　一片激昂
　　　一語花開

無論好壞
沒有對錯
只待　完整　自己一　天天
只要　原　諒自己　一點點

2022/10/02

幸福一定會來

就這樣　相信著
就跟肚子餓一樣
一定會　　來的

別人的作品
影響著　　　　妳
而妳也帶著這個禮物
安慰　　　另一個人

世界就像個圓圈
一棒接著一棒

孤單
偶爾
喜悅
有時
淡淡的走
慢慢的好
不要急
不 要 急
2022/11/15

20230101

奔跑吧　小確幸

一點　一點的
一定會有好事發生中

簡短的像是個書頁　陰影與檯燈
照著一路脈絡與標籤
思緒再一次進行中作品的標準
主動流動中的放鬆與愛

2022/12/29
2023/11/16

☆允許自己快樂

如果長時間覺得自己不夠好，其實也很難感覺到快樂，我的作法是，告訴自己：「今天，我允許妳快樂！」就這樣吧！

有點難做到，可又簡單的不得了。或者隨意地在紙上畫圖，不用著急、也不須苛責自己，只要慢慢的好，就可以了。

允許自己

感到快樂　一分一秒之間
感到值得　一生一世裡頭
感到喜悅　三天兩夜都可以
感到美好　五年四個月也行

真的　此時此刻的現在

允許自己

2022/11/23
2023/11/16

我帶你去

我的星球　龐大的綠色光芒　點綻著
那裡有花有草　還有巨大的樹
有喜悅　描述著世界觀

偶爾悲傷　也是被允許的　全部都是這樣自在
喜歡睡覺
也是可以的　一切都是這樣自然

2022/12/12
2023/11/16

20230519

十二月

會找到自己

☆自己會好好的

偷偷告訴你一個秘密，其實我是外星人。所以每當有人問起我是哪裡人，我都會說我出生在火星。不是我特地在隨口回答，是我真覺得這樣沒錯。

「我是怎麼樣的我呢？又是為什麼會存在在地球呢？」是我在幼兒園中班，躺在娃娃床裡面，還可以看到幾隻小玩偶在我的眼前，思考著，「如果這個世界沒有我，又會怎麼樣呢？」

那時候我的答案是：「不會怎麼樣。」

所以我消失或離開地球，也不會發生什麼事情，就是日常還是會運作，春夏秋冬也不會改變，忙碌的人依舊匆忙，喜悅的人依舊開心。

那現在呢？我想還是會有點不同，雖然還是覺得就算這個世界上沒有我也不會怎麼樣，但是我卻能在這次的地球旅行中，創造出獨特屬於我的作品，有點像是累積一些活在這個地球的痕跡。也滿好的，反正就是一趟旅行，多意外多美好，雖然也會有傷心難過的時間，不過也會有遇到「哇！這好美喔～」的時刻。

我想把它們都記錄在我的身體、我的靈魂、我的心。等到我回到我的星球，我還能說，哇！地球好美。

不過既然現在是地球人的角色，那我就好好體驗吧！

你呢？你是什麼星球來的呢？

20230103

我可以關上

眼睛　耳朵
然後靜靜的陪著自己
封印　手機
然後好好的回到自己

2022/12/30

沒關係

是我在乎自己的
練習曲
一切都在　慢慢的好
而我正在感受

2022/12/10

忙著什麼呢

行程　一個接著一個
例行公事　排隊等著
多久沒有
讓自己的耳朵
少疲憊一點
真的
需要這種
回到自己
原廠　設定的時刻

重新凝視
擁有的

2022/12/28

值得平靜喜悅

☆溫柔對待

如果可以，我會怎麼對待自己，好好的照顧自己呢？

以前總是聽到「要多替別人著想」，所以遇到事情的碰撞，第一個反應都是，我可以為別人怎麼去做會更好，乍看之下也沒有什麼問題。只是越長越大，卡住的事情也變得多，好像很少能了解到「替自己著想」是什麼樣子。因為我的首要都是以別人的想法為主。

「其實妳值得一切的好！」朋友在聊天中，突然對我說。

首先是懷疑，然後才慢慢接受，原來我也可以好好的去體驗人生，去做自己內心真正想做的事情，然後對自己好好的，並不是自私的行為。

原來對自己溫柔，也可以從想法開始善待自己。

「愛自己」是怎麼樣的經驗呢？其實我也沒有辦法體會。所以我曾經問過很多人到底什麼才是愛自己？有人回答：「做一些讓自己開心的事」、「看電影」、「吃好料的」、「買東西」……。最後有人跟我說：「妳問別人是得不到答案的！」那時候我好生氣，因為感覺她好像知道答案，但是卻不跟我說一樣。

沒想到這個問題也經過了幾年，那我有答案了嗎？

有一陣子「愛自己」像是一個口號，人人都需要去做，可是是別人的「愛自己」的方法嗎？

到底什麼才是愛自己呢？
那我有愛自己嗎？
真是個好問題。

*二〇二三年十一月二十一日的我
還在努力感受自己中

☆不想滿足成為每個人的期待

至少我是自己選擇了自己的生存方式，還行，是偶爾開心，是平靜保持淡淡的喜悅感。

總而言之慢慢的好，和以前不一樣了，因為我不是一個人，我有好朋友可以說說話，真是太好了，太棒了，太感謝了。

就算反反覆覆的情緒，也無所謂，反正就是個體驗過程吧！

太陽的種子

細察惹人憐愛說是夢醒仍飄渺
何必回到曲折　九彎十八拐
本來在你出生的時候　就放在身體裡
無限的愛與光芒　正在包圍著
被祝福著的　一個安全的所在

2022/10/10

寶貝

你是你自己的寶貝
妳是妳自己的寶貝

好好看著自己
好好照顧自己

多喝水
多看看天空
多多感受自己

妳是安全的

你是可以作主　的

沒關係

真的

沒關係

2022/10/10

20230331

相信

所以一定會實現

據點著真誠的書
理解與周圍

好好的關注當下與相信著

2022/11/30
2023/11/16

20230217

從人群的聚散

關係與遠近拉扯
回到自己的身上　也不是自私
發現所擁有的寶藏
一個都沒有少
都是　　安好

2022/11/30

值得

妳值得　這個宇宙中　好好的　好好
好好被對待
你值得　這個星球裡　好好的　好好
好好擁有愛

2022/10/09
2023/11/16

存在本身　就是奇蹟

☆以前總覺得要成為最好才是人生的目標

事情真的是這樣嗎？

今天成為第一名就是最好嗎？「最好」的定義在哪裡呢？

忙碌的追求了大部分的生存時間，才發現，其實我自己，就是一個很棒的存在了，不必真的會什麼才是最好，而是成為自己，好好的成為自己，就夠好了。

我試著從音樂、藝術、文字當中好好的成為自己。目標是可以好好的做自己想做的事情、好好的生活。在這隨時都可能結束的人生裡面，留下一些曾經活過的痕跡。

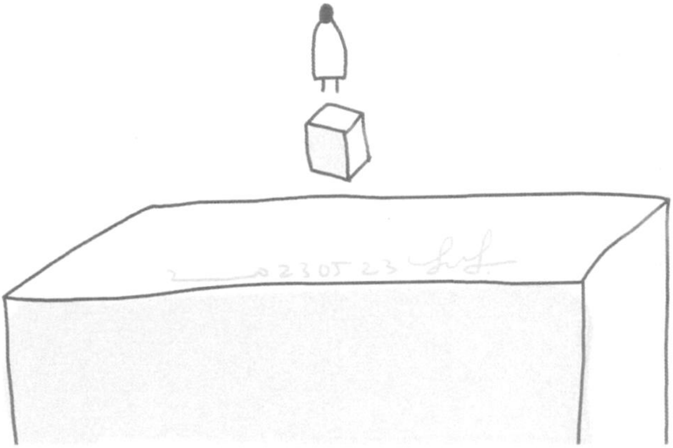

所以我常說：「我的作品會活得比我還要久。」我是以這份心情在創作，把自己此時此刻最完整的一面呈現，雖然肯定以後的自己一定會覺得回頭來看看這些文字會很害羞。不過就這樣吧！因為這也是我活過的痕跡啊，對吧！

那你呢？你想要做的事情是什麼呢？有也好，沒有也罷，我們每個人來到這世界的意義與時間都不同，就好好安心的在你的時區裡面吧！

你存在

就夠好了
因為
就是
這樣
啊

2022/10/01

女孩

時而開心　歡樂的笑聲　可以傳到地球的另一端
時而憂慮　疲憊中的努力　也會被看見的
時而閃爍　閃閃發亮著　像是盛開的花
時而幽暗　那昏天暗地的夜　也值得珍藏

這樣才多麼有
層次

2022/10/05
2023/11/16

20221025

會好好的

慢　慢　　走
感　受情緒
以及發現生活
不再害怕
　日　復　一　日

能　體　驗
微小卻閃爍的溫度
能創造允許自己快樂的肯定
因為

妳很值得
活在這個世界上
2022/12/14

以為自己忘記了

獨處　　的時候
還是足夠一個人
好好感受
身體的記憶
與　雨滴落的聲音
這是安全的
這是安全的

2022/12/28

本來以為很遠

很難走到
像是一世紀的漫長
沒想到吧
在妳下定決心那一刻起
就連紙痕的　　給予
都回饋這
璀璨的　不夠勇敢
自己啊

2023/01/26

十三月

你是從哪顆星球來的

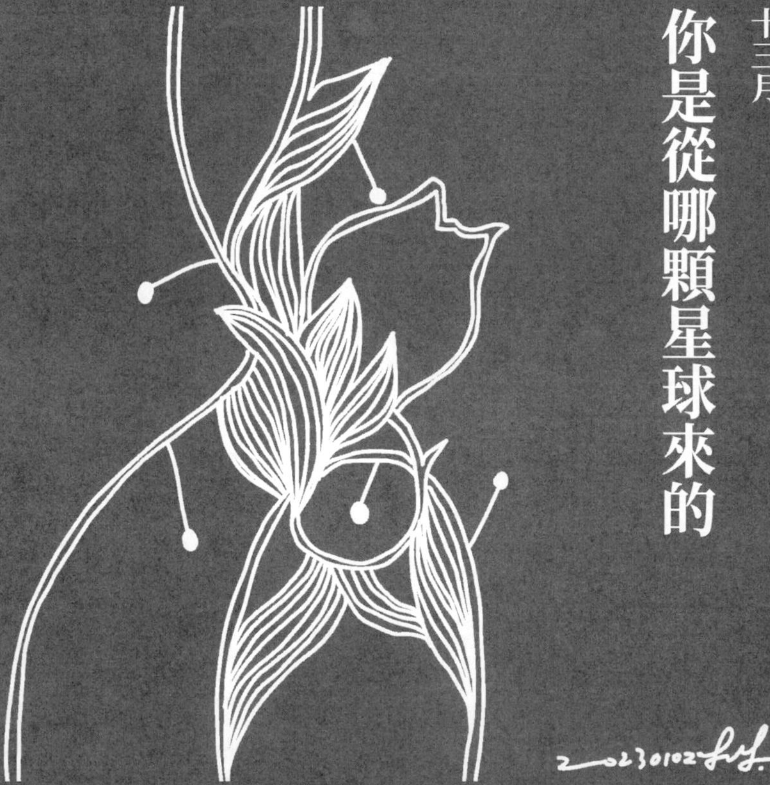

☆奇幻又美好的星星

所存在的那個地方，有一顆很大的樹，還有地上滿滿的落葉，遠遠的還可以看到宇宙中散發出來的光芒，一切都是那樣美好與值得探索，會不會是一場夢而已，醒來就消失。

安心吧！在細節裡有藏著全部的自己。

閃爍著一天又一天的呼吸與頻率。多好啊，就是一個短暫又永恆的瞬間，轉過身之後會發現，我還在這裡，唱著、寫著、畫著。

安心吧安心吧，你現在在做的事情，我們現在能做的事情，就一步一步地往前，偶爾回頭望，偶爾向著一個方向，偶爾停下來觀望，也沒關係的。

我們既是中心，也是邊緣，
既是黑色，也是彩虹。

真誠的面對自己的感受，緩緩地朝著心之所嚮往移動，真誠的感謝與安靜的陪伴自己。

我們既是群體，也是個體。

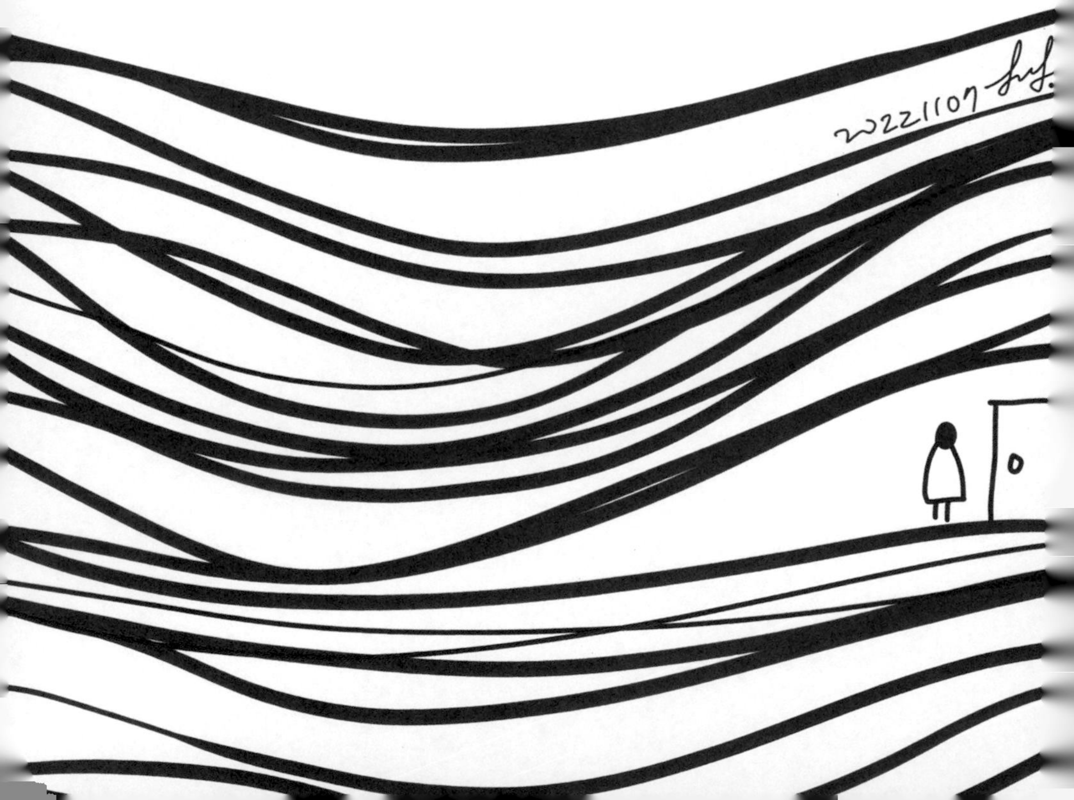

剛剛好

在想
每天都　畫線條
感覺就是　　很類似
會不會很無聊
對　　別人來說

但我想到
奈良美智　一直畫小女孩
草間彌生　一直畫圓　點

好像也是可以

好像也沒為　了什麼道理
突然覺得很安心啊
我就繼續的　畫線條了

2022/09/24

20220419

我只是在

書寫文字的原因只來於
安慰自己
陪伴自己
罷了

2022/10/11

都過去了

對
時間會帶走一切
但
痛苦會卡在身上
角落
時不時
刺痛
那無法訴說的
都
落在書頁上的筆痕了
沒那麼嚴重
可
也
沒那麼容易

2022/12/20

不知不覺中

已經走在這條路上
羨慕別人是肯定的
然而　再來想想
自己是什麼樣子呢
既無法成為別人
也不該苛求變成怎樣
所以
線條還是最初的模樣
不慌不忙

就　這　樣吧

2022/12/26

祝福的花束

葉子上的線條
著實是在
說

祝你幸福

2022/12/25

獨一無二的妳

沒　有　人
在這個世界上
跟　你　一　樣
所以
就安心著做著自己的事吧
妳是那麼的　　獨特
又　　珍貴

2023/01/12

很努力了

妳真的很厲害
在這個世界上
不跟誰比較著
誰的幸福誰的多
妳只是轉著這個專注
幾秒中的休憩
時光

2023/01/25

沒關係啊

妳有妳　自己的時區　在一些泥濘的地方打轉
慢慢的好　慢慢知道　生活中一定有奇蹟
只在緩緩　的腳步中　看似簡單卻又深刻
沒有錯過　一點點　擁抱著自己
生活的詩意的部分　就可以拿筆寫下
寫下來吧
你的故事你的曾經

2023/01/26
2023/11/16

妳是從哪顆星球

來的
這麼特別
這麼豐富
又
珍貴
對　我說過了　　但我容許我繼續說著

2023/02/09

宇宙的開始

來自於不完美的軌跡
然後碰撞又爆炸
所以安心吧
就從現在開始吧

妳想要什麼樣的人生呢

2023/01/27

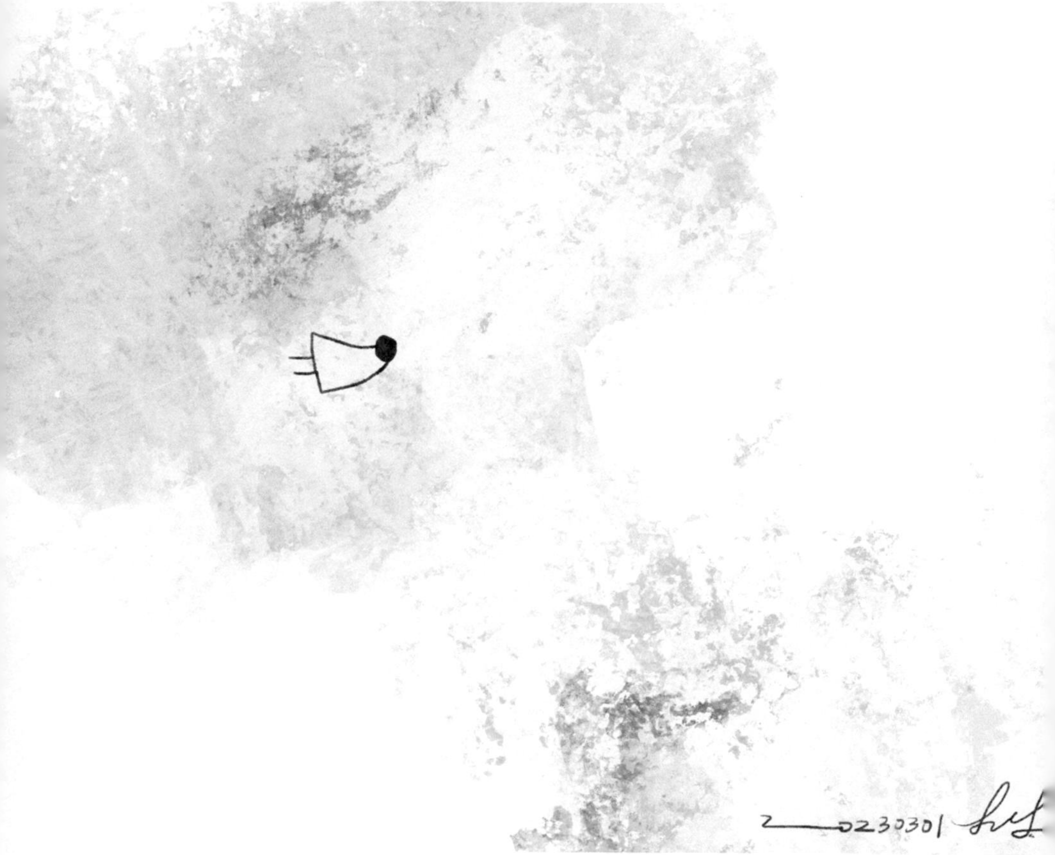
20230301

你看妳看

幸福正在跟妳招手

2023/01/03

後記

還想創作還想活著，是我對自己的現在進行式（二〇二三年），所寫下的期待。為了讓自己的作品，能有個被看見的時候，就要好好創作、好好活著。

當我開始對未來有了期待，想做的事情變多，想聽的歌變廣，想嘗試的顏色多元，都是很有趣的過程。創作的角色越來越多，她們俏皮的點亮我的生活，有點個性的展現自己，滿好的，滿好的。

日常的很多痕跡會留在我們的身體與記憶中，很微弱但也很倔強，那些東西可以成為什麼樣的存在，我也是很好奇，想要繼續看下去，所以讓我任性的將文字留在這本書中。謝謝你的閱讀，期待有機會能陪著你一段時間。書裡的文字，都是我運用簡短的時間累積的創作，不知不覺也變得這麼多。能跟你見面真是太好了。

好吧！我們約定，就用自己舒適的方式，好好活著吧。

蔡沐橙

二〇二三年十一月十五日

釀文學282　PE0205

還想創作還想活著

圖・文　蔡沐橙
責任編輯　孟人玉
圖文排版　黃莉珊
封面設計　張家碩

出版策劃　釀出版
製作發行　秀威資訊科技股份有限公司
114 台北市內湖區瑞光路76巷65號1樓
電話：+886-2-2796-3638　傳真：+886-2-2796-1377
服務信箱：service@showwe.com.tw
http://www.showwe.com.tw
郵政劃撥　19563868　戶名：秀威資訊科技股份有限公司
展售門市　國家書店【松江門市】
104 台北市中山區松江路209號1樓
電話：+886-2-2518-0207　傳真：+886-2-2518-0778
網路訂購　秀威網路書店：https://store.showwe.tw
國家網路書店：https://www.govbooks.com.tw
法律顧問　毛國樑　律師
總 經 銷　聯合發行股份有限公司
231新北市新店區寶橋路235巷6弄6號4F
電話：+886-2-2917-8022　傳真：+886-2-2915-6275

出版日期　2024年5月　BOD一版
定　　價　480元

讀者回函卡

Printed in Taiwan

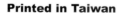

國家圖書館出版品預行編目

還想創作還想活著/蔡沐橙著. -- 一版. -- 臺北
市 : 釀出版, 2024.05
面 ;　公分. -- (釀文學 ; 282)
BOD版
ISBN 978-986-445-915-5(平裝)

863.51　　113000035